NHKオトナヘノベル

恋愛トラブル・ストーカー

NHK「オトナヘノベル」制作班 編

金の星社

NHKオトナヘノベル

恋愛トラブル・ストーカー

本書は、ＮＨＫ Ｅテレの番組「オトナヘノベル」で放送されたドラマのもとになった小説を、再編集したものです。

番組では、おもに十代の若者《わかもの》が悩《なや》んだり困《こま》ったり、不安に思ったりすることをテーマとして取り上げ、それに答えるような展開《てんかい》のドラマを制作しています。人が何かに悩《なや》んだとき、それを親にも友だちにも、また学校の先生にも相談しにくいことがあります。そんな悩《なや》み事《ごと》を取り上げて一緒《いっしょ》に考え、解決にみちびく手がかりを見つけだそうとするのが「オトナヘノベル」です。

取り上げるテーマは、男女の恋愛《れんあい》や友人関係、家族の問題、ネット上のトラブルなどさまざまです。この本では、**「恋愛《れんあい》トラブル」「ストーカー」**をテーマとした作品を集めました。いずれもＮＨＫに寄せられた体験談や取材で集めた十代の声がもとになっているので、視聴者《しちょうしゃ》のリアルな体験が反映《はんえい》されています。

もくじ

著者紹介

みうら かれん

兵庫県生まれ。大阪芸術大学文芸学科卒業。『夜明けの落語』で第52回講談社児童文学新人賞佳作を受賞。ほかに『なんちゃってヒーロー』『おなやみ相談部』(いずれも講談社)などの著書がある。

長江 優子 (ながえ ゆうこ)

東京都生まれ。武蔵野美術大学卒業。構成作家、児童文学作家。『タイドプール』で第47回講談社児童文学新人賞佳作を受賞。ほかに『ハンナの記憶 I may forgive you』『木曜日は曲がりくねった先にある』『ハングリーゴーストとぼくらの夏』『百年後、ぼくらはここにいないけど』(いずれも講談社)などの著書がある。

宮下 恵茉 (みやした えま)

大阪府生まれ。『ジジ きみと歩いた』で小川未明文学賞大賞、日本児童文芸家協会 児童文芸新人賞受賞。ほかに『あの日、ブルームーンに。』『なないろレインボウ』(ポプラ社)、「キミと、いつか。」シリーズ(集英社)、「龍神王子!」シリーズ(講談社)、「ここは妖怪おたすけ委員会」シリーズ(KADOKAWA)など著書多数。

ウソつきたちのクリスマス

みうらかれん

1 見栄《みえ》っぱりのピノッキオ

本当はサンタクロースなんていないと知ったのは、小学校四年生のときだった。

数年前からうすうすうたがってはいたのだけど、クリスマスの夜に、プレゼントの箱を持った父とばっちり目が合った。あの日のサンタのまぬけな真顔を、あたしは一生忘《わす》れないだろう。

そう、クリスマスなんて、もともとがウソつきのイベントみたいなもの。

だから、別に許されるはずだ。

ほんのちょっとの、ウソくらい。

「どんな人って言われても、説明がむずかしいんだけど……年上だから包容力があるっていうか、やっぱり大人だなぁって感じることは多いかなぁ」

十二月上旬《じょうじゅん》、昼休みの教室で、あたしこと片桐《かたぎり》ひかりは、友人たちに、二週間ほど前からつきあいだした彼氏《かれし》の話をしていた。

高校二年生になった今年の春から、いつも一緒《いっしょ》にいる三人の友人。背《せ》の高いショートカットが恵梨香《えりか》。お嬢様系《じょうさまけい》のウェーブがかかったロングヘアーが菜々美《ななみ》。メガネをかけたやや地味《じみ》なボブが理子《りこ》。

「ねぇねぇ、写真ないの？　超《ちょう》見たいんだけど！」

恵梨香《えりか》に言われて、あたしは首を横に振《ふ》る。

「いや、ツーショットとかはずかしいし、うちの彼氏《かれし》って、照れ屋であんまり写真とか撮《と》らせてくれないからさぁ」

「でも、彼氏《かれし》ってイケメンなんでしょ？」

「うーん。まぁ、一応？　世間的には、イケメンっていわれるタイプの顔かなーって感じ？」

「うわー、ますます見たいんですけどー！」

「あはは。まぁ、そのうちね」

いくらあたしの彼氏《かれし》が理想的な人物で、話している相手が仲のいい友人たちでも、あまり自慢話《じまんばなし》みたいになるのはよくない。あたしは、さりげなく話の方向をかえた。

「でもまぁ、彼氏《かれし》が年上っていうのも、どうかなーって思うこと、あるよ？」

そう言って、あたしはスマホについた真新しいストラップをゆらした。ストラップの先には、デフォルメされた熊《くま》のマスコットがついている。

「ほら、見てよこれ。この前のデートのとき、彼氏《かれし》にもらったんだけどさぁ、ちょっと子どもっぽくない？」

「えー？　そう？　普通《ふつう》にかわいいじゃん」

「彼氏《かれし》も、ひかりに似合うと思ったからとか言ってたけどさー。年上っていっても、ほんの三つくらいなのに、子どもあつかいされて困《こま》るっていうかぁ」

熊《くま》のマスコットをつつきながらそう言うと、恵梨香《えりか》がほおづえをついて、うっとりとした表情でつぶやく。

「いいなぁ……。記念日でもないのにプレゼントとか、そういうあまい感じ。うちの彼氏《かれし》なんて、つきあいだしてそこそこ長いから、もうそんな感じのプレゼントとか皆《かい》無《む》だもん」

そう言う恵梨香《えりか》には、隣《となり》のクラスに、入学してすぐにつきあい始めて、もう一年半以上になる彼氏《かれし》がいる。

恵梨香《えりか》は、ほおづえをついたままぼやく。

「なんていうかさ、誕生日《たんじょうび》とかクリスマスのプレゼントなんて、もうおたがいに義務で渡《わた》してる感じ？」

「あぁ、それ、わかるわぁ。うちの彼氏《かれし》なんて、この前、あたしの誕生日《たんじょうび》、スルーしそうになったから。マジで一回なぐろうかと思ったからね」

そう言ってため息をつく菜々美《ななみ》には、中学時代からつきあっている彼氏《かれし》がいる。そのまま、恵梨香《えりか》と菜々美《ななみ》は、「長くつきあってる恋人《こいびと》あるある」で盛《も》り上《あ》がり始めた。

彼氏《かれし》への不満を言いあっている二人を、「まぁまぁ」と理子《りこ》が笑いながらなだめる。

「そうやって言うけど、なんだかんだで好きなくせにー。だいたいみんな、彼氏《かれし》がいるだけいいじゃん。ね、ひかりちゃん」

「……まぁ、ね」

あたしは理子《りこ》の言葉を軽く流して、彼氏《かれし》からもらった——ということになっている熊《くま》のストラップがついたスマホをチェックした。

新着メール一件。差出人は、清田幸則《きよたゆきのり》。

文面はたった一行。

《今日の帰り、どこかよらないか》

あたしは机《つくえ》の下で、「わかった。じゃあ、いつもの場所で」と返信を打つ。

「おっ？　デートのおさそい？」

恵梨香《えりか》があたしのスマホをのぞこうとしたので、あわてて画面を消して、「まぁ、そんなところかな」とこたえた。

「あー、ひかりの彼氏《かれし》、マジでうらやましいんだけど！　うちの彼氏《かれし》に爪《つめ》の垢《あか》、煎《せん》じて飲ませたい！」

「恵梨香《えりか》、大げさすぎ！　爪《つめ》の垢《あか》って、年寄りじゃないんだからさ」

菜々美《ななみ》のつっこみに「そうだよ」と笑いつつ、あたしは冷《ひ》や汗《あせ》をかいていた。


――ひかりの彼氏《かれし》って、どんな人？

その質問に、うっかり「そこそこイケメンで年上」とこたえたあの日以来、もてはやされて天狗《てんぐ》になったピノッキオの鼻はのび続けている。

さて。あたしがクリスマスを前に積みかさねてきた、彼氏《かれし》に関するウソ。

その一、彼氏《かれし》は年上である。

その二、彼氏《かれし》はイケメンである。

その三、彼氏《かれし》はスポーツマンである。

その四、彼氏《かれし》はあたしを「ひかり」と呼《よ》ぶ。

その五、あたしは彼氏《かれし》のことが大好き。

エトセトラ、エトセトラ。

そう、あたしの本当の彼氏《かれし》は——。

2 真実と現実

放課後、学校からずいぶん離《はな》れたいつもの待ち合わせ場所に、あたしの彼氏《かれし》は立っていた。彼氏《かれし》の名前は清田幸則《きよたゆきのり》。あたしがクリスマスを前につきあうことになった、はじめての彼氏《かれし》。

彼氏《かれし》に関する真実。

その一、彼氏《かれし》は同級生である。

その二、彼氏《かれし》はまったくイケメンではない。

その三、彼氏《かれし》は運動音痴《おんち》である。ちなみに将棋部《しょうぎぶ》。

その四、彼氏《かれし》はあたしのことを「片桐《かたぎり》」と呼《よ》ぶ。

その五、あたしは彼氏《かれし》のことをたいして好きじゃない。

エトセトラ、エトセトラ。

あたしの姿《すがた》を見ると、清田《きよた》は軽く手をあげた。

「行くか、片桐《かたぎり》」

「うん」

そんなそっけない言葉だけかわして、つれだって歩き始める。

これが、あたしの現実。

同じクラスのさえない男子と、なんとなくならんでしゃべりながら歩いたり、買い食いしたりするだけのデート。これじゃあ、つきあってるって言えるのかどうかさえ、あやしいレベル。デートだって、もはや「つきあっている」というていをたもつためのの、ちょっとしたルーティンワークだ。

「ねぇ清田《きよた》、今日はどうする?」

「クレープでも食べるか」

「何日か前にも食べたじゃん」

「あ、そうか……。じゃあ、あれだ、パンケーキ」

「そういう気分でもない」

「じゃあ……、たこ焼き？」

「とりあえず粉系《こなけい》の食べ物から離《はな》れてくれる？」

あんたの中の寄り道プランはそれしかないのか！

隣《となり》を歩く「本物の彼氏《かれし》」に、あたしはそっとため息をついた。

❖

つきあってくれと言ってきたのは清田《きよた》のほうだった。

「好きだ。俺《おれ》とつきあってくれ」

二週間ちょっと前の放課後、急に「ちょっといいか」と言われて、だれもいない教室に呼《よ》びだされたと思ったら、いきなり告白された。

ふだん、まったく目立たないクラスメートの真剣《しんけん》なまなざしに、さすがにドキッとした。でも、同時にきょとんとした。だって、あたしは清田《きよた》とほとんど話したこともなかったのだから。

「え？　あたしのどこが好きなの？」

あたしが「あなたが何をおっしゃっているのか、わかりません」みたいな顔でそうたずねたら、清田《きよた》はしばらく黙《だま》りこんだあと、大まじめにこたえた。

「……やさしい、ところ」

「やさしい？　まさか。そんなのウソでしょ」

やさしいなんて、言われたことない。どちらかというと、「ひかりって、興味がない相手に対しては超《ちょう》冷たいよね」と言われることのほうが多い。

「ウソじゃないよ。去年、俺《おれ》が体育のシャトルランのあと、校庭の隅《すみ》でバテてたら、

『大丈夫《だいじょうぶ》？』って、ペットボトルの水、渡《わた》してくれただろ」

……そうだっけ？　よく覚えてない。たぶん、シャトルランのあとに、ぜぇぜぇ苦しがってる運動音痴《おんち》がよっぽどあわれに見えただけだ。もしくは、自販機《じはんき》でジュースを買うつもりが、まちがって水を買ってしまったから、そのへんにいた清田《きよた》に適当にあげただけだと思う。

「たぶん、なんとなくそうしただけで、やさしいとかじゃないと思うけど……」

「むしろ、なんとなくそれができるのを、やさしいって言うんじゃないのか」

……そう、かな。あまり自信はないけど、ここまではっきり言い切られると、ちょっとうれしい……かも。やさしい人、やさしいオンナノコ。うん、悪くないひびきだ。

「それで、そのときから、ずっと片桐《かたぎり》のこと気になってたんだけど、なんていうか……」

照れたような表情をうかべて、もごもごと口ごもる清田《きよた》。あたしは少しだけ悩《なや》むふりをしてから、清田《きよた》にほほえみかけた。

「うん、いいよ。つきあおう。じつはあたしも前々から、ちょっと清田《きよた》のこと、いいなって思ってたんだ。ほら、清田《きよた》って、ちょっとミステリアスな感じがして、大人っぽいっていうか、ほかの男子とはちがうなーって」

ウソだ。顔もタイプじゃないし、性格もあたしとは正反対に思えるし、そもそも、まったく気にしたこともない。

けど、彼氏《かれし》がいないままクリスマスを迎《むか》えるのもさみしい。かといって、好きでもない人とつきあうというのもくやしい。だから、もともとあたしも清田《きよた》のことが気になっていた、ということにする——なんて、もはや、どこに向けているんだかよくわからない見栄《みえ》をはることにした。

「これから、よろしくね」

とりあえず、クリスマスまで。

クリスマスをすぎたら別れればいい。それはまるで、クーリングオフができるからと、簡単《かんたん》に高額商品の契約《けいやく》をしてしまうバカな顧客《こきゃく》みたいな考えだった。

だけど、そんな不純《ふじゅん》な動機で、あたしは清田《きよた》とつきあい始めた。

❖

一応、あの日からずっと、微妙《びみょう》なメールとデートをかさねて、中途半端《ちゅうとはんぱ》な恋人《こいびと》同士を続けてはいる——のだけど。

「えーと、片桐《かたぎり》。あれだ、あの……昨日の数学の小テスト、どうだった?」

「それ、恋人《こいびと》と歩くときの話題としてどうなの?」

「すまん。今のなし。えーと……」

……なんだかなぁ。思《おも》い描《えが》いていた恋人《こいびと》同士とは、だいぶちがう。

あたしは、今日もいまいち釈然《しゃくぜん》としないまま、半歩遅《おく》れて、さえない彼氏《かれし》の隣《となり》を歩いている。

3　バランスとロマンス

そもそも、あたしがこんな不毛な恋愛《れんあい》をすることになったのも、元はといえば、理《り》子《こ》のせいだ。

いつも一緒《いっしょ》にいる四人組の中で、あたしと理子《りこ》には彼氏《かれし》がいなかった。恵梨香《えりか》と菜々美《ななみ》にくらべれば、あたしたちは地味《じみ》だし、キャラ的にもそれが自然だったから、彼氏《かれし》がいる二人ののろけ話や文句を聞きながら、「彼氏《かれし》持ちはいいなぁ」とか、「あー、あたしたちにはめんどくさい彼氏《かれし》がいなくてよかったー」とか、ちゃちゃを入れるのがいつものパターン。

リア充《じゅう》と非リア充《じゅう》のハーフ・アンド・ハーフ。それがあたしたち四人の、完璧《かんぺき》なパワーバランスだった。

ひとしきり恋《こい》の話が終わったら、「二人も早く、彼氏《かれし》とかつくりなよー」「いやー、あたしたちは二人の話でおなかいっぱいだから」で締《し》めるのが、一連の流れ。完成された美しいなれあいのフォーマット……だった、はずなのだ。

ところが、ある休日、一人で出かけている最中に、街中で理子《りこ》を見かけた。その日の理子《りこ》は、めずらしくメガネをかけていなくて、いつもより少し大人びて見えた。

すぐに声をかけようとして——思いとどまった。

隣《となり》に、背《せ》の高いイケメンがいたから。

まず頭をよぎったのは、お兄さんか弟でしたパターン。この手のケースで、もっともありがちなやつ。でも、確か理子《りこ》には妹しかいなかったはず。

それに、理子《りこ》の隣《となり》を歩くイケメンは、近くの男子校の制服を着ていて、どう見ても身内や友人という感じじゃなかった。

そして、決定的だったのは、二人がとても仲よさそうに手をつないで歩いていたこと。そのようすは、まるでベタな恋愛映画《れんあいえいが》の一場面を切り取ったみたいだった。

理子《りこ》はその日の朝、四人で共有している*SNSに、「今日は、一人で家で映画鑑賞《えいがかんしょう》。イケメン俳優《はいゆう》だけがわたしの味方!」とか書いてたのに。あたしってば、それに、「彼氏《かれし》いない同士、今度、傷《きず》のなめあいしようぜ」なんて、なんのうたがいもなく返してたのに。

理子《りこ》は、あたしたちにウソをついていた。

イケメンとうれしそうにしゃべっている理子《りこ》を見て、あたしは一人でくちびるをかんだ。

だからといって、恵梨香《えりか》と菜々美《ななみ》に秘密《ひみつ》をバラしてやろうとは思わなかった。こじれたら面倒《めんどう》だし、何より理子《りこ》に彼氏《かれし》がいるとなったら、あたしだけ彼氏《かれし》がいないさみしいやつということになってしまう。

でも、あたしはその日から、ひそかに理子《りこ》への不信感をつのらせていた。


SNS……メッセージのやりとりや、写真の投稿・共有などができる、コミュニティ型のインターネットサービス。

清田《きよた》に告白されたのは、ちょうどそんなときだった。つまり、やけになって、なかば勢いでOKした。

だから、あたしが清田《きよた》とつきあうことになって最初にしたことは、SNSのグループへの書きこみだった。

——あたしにも彼氏《かれし》ができました☆

お祝いのスタンプと、大量の「どんな人?」「どこで会ったの?」という質問が三人から送られてきて、あたしは晴れて彼氏《かれし》持ちサイドの住人になった。

それからというもの、恋人《こいびと》の話になるたびに、あたしは彼氏《かれし》のことを盛《も》って話し続けた。口もとに手をあてて笑う理子《りこ》の「みんな、いいなぁ」という、しらじらしい言葉を聞きながら。

4　デートのルート

「ねぇ、清田《きよた》。これ、似合うと思う……って、あれ?」

休日のデート中、おしゃれなスカートを見つけたから、お店のショーウィンドーの前で、隣《となり》にいた彼氏《かれし》にかわいく笑いかけた――はずが、そこにはだれもいなかった。

ふと見ると、清田《きよた》は少し離《はな》れた場所で、道行くおばあさんに懇切《こんせつ》ていねいな口調で道案内をしていた。途中《とちゅう》であたしのほうに走ってきたかと思うと、あたりまえのような顔で言う。

「すまん、片桐《かたぎり》。すぐそこだから、ちょっと案内してくる。そのあたりの店で適当に待っててくれ」

あたしの「へっ?」という返事も待たずに、清田《きよた》はおばあさんを引きつれて行ってしまった。

いや、道案内するのは親切だし立派《りっぱ》なことだし、見直したといえば見直した……けどさぁ、デート中に彼女《かのじょ》を放置するのはどうよ。せめて、あたしも一緒《いっしょ》につれていくとかさ。

まったく、気がきくんだかきかないんだか、よくわからないやつだ。

キラキラしたショーウィンドーの前に一人で取り残されたあたしは、ため息まじりにスマホでいつものSNSを開いた。最新のメッセージは、恵梨香《えりか》からの「今度のライブ、チケットとれたよー!」という連絡《れんらく》。

たいして好きでもないのに、恵梨香《えりか》があんまり熱心に語るものだから、ノリで「あたしも超《ちょう》好き」と言ってしまったインディーズのバンド。それからずっと話を合わせていたら、とうとう恵梨香《えりか》があたしのぶんのライブチケットまで確保してくれるようになった。とはいえ、高校生にとってはチケット代もバカにならないし、正直、あまり乗り気じゃない。けど、今さら行きたくないとも言えない。

返事を保留にしたままのSNSを閉《と》じて、現実逃避《とうひ》に写真フォルダをあさる。すると、しばらく前に、いとこと撮《と》ったツーショット写真が出てきた。

いとこの克也《かつや》さんは大学生で、家もそれなりに近いから、昔から兄のように慕《した》っている。この写真は、しばらく前、克也《かつや》さんが今流行の自撮《じど》り棒《ぼう》を買ったというから、ふざけて恋人風《こいびとふう》に撮《と》ったものだ。

「……克也《かつや》さんって、顔はわりとかっこいいよなぁ」

清田《きよた》はカメラを向けてもあんまり笑わないし、克也《かつや》さんとの写真のほうが、よっぽどデート中っぽい。おまけに克也《かつや》さんはなかなかのイケメンだし、写真写りもいい。

どうせ見るのは三人だけだし、すでにあたしの彼氏《かれし》情報はウソだらけ。みんなからの「写真を見せてコール」も、そろそろ面倒《めんどう》になってきた。バレることもないだろうから、ちょうどいいや。

——デートなう。

そんな簡単《かんたん》な言葉とともに、あたしは克也《かつや》さんとのツーショット写真をＳＮＳにアップした。三人からのコメントを想像すると、ちょっと胸《むね》がすっとする。

ちょうどそのとき、清田《きよた》が帰ってきた。

「すまん。待たせた」

「ううん、大丈夫《だいじょうぶ》」

物わかりのいいやさしい彼女《かのじょ》を気どってうかべた笑顔。

一瞬《いっしゅん》だけ感じた後ろめたさは、すぐに消えた。

「ちょっと、ひかり！　あれ、どういうこと!?」

翌日《よくじつ》、教室に入った瞬間《しゅんかん》、恵梨香《えりか》たちにかこまれた。

獲物《えもの》を見つけた獣《けもの》のような目をしている三人に、おそるおそる「……何が？」とたずねると、三人とも興奮《こうふん》して叫《さけ》んだ。

「何がじゃないよ！　昨日の写真、なに!?　超《ちょう》イケメンじゃん！」

「正直、絶対、盛《も》ってると思ってたのに！　想像以上でびっくりしたんだけど！」

「あんなにかっこいい人なら、もっと早く見せてくれたらよかったのにー！」

一瞬《いっしゅん》、昨日の写真ってなんのことだっけ、と思った。でも、すぐに思い出した。克《かつ》也《や》さんとの写真。今朝見たら、三人からのコメントもすごいことになってたっけ。

正直、ここまでみんなに食いつかれるとは思ってなかったから、勢いで偽《にせ》の写真をアップしたことを少し後悔《こうかい》した。

「いやぁ、はは、まぁ……ね」

「大学生って言ってたよね!?」

「う、うん、一応」

「どこで知りあったの？」

「え、えっと……」

どうしよう。今までは全部、照れくさいとか言ってうまくぼかしてきたけど、なんだか逃《に》げられない雰囲気《ふんいき》。イケメンの力、おそるべし。

「街で声かけられたとか？　それとも、だれかの紹介《しょうかい》？」

「そ、そうそう。そんな感じ、うん」

そうそう。うそうそ。全部、ウソ。

今さら本当のことなんて言えるわけもなく、あたしは清田《きよた》とは似ても似つかない理想の彼氏像《かれしぞう》をつくり上げた。設定に矛盾《むじゅん》が生じないよう、むだに頭を使いながら、虚構《きょこう》のプロフィールをならべたてる。

結局、ウソをウソで補強《ほきょう》しただけの一日だった。

❖

放課後、どっと疲《つか》れてスマホを見たら、新着メール一件。清田《きよた》からの、寄り道デートのおさそいだ。

疲《つか》れてはいたけど、なぜか、あたしはすぐに了解《りょうかい》の返事を出していた。ウソと見栄《みえ》にまみれたオンナの世界に疲《つか》れたから、よくも悪くも飾《かざ》りっ気《け》のない清田《きよた》にいやされたかったのかもしれない。

クラスメートに見つからないよう、待ち合わせはいつもの、学校からかなり離《はな》れた駅の裏通《うらどお》り。もちろん、清田《きよた》とは別々のルートで待ち合わせ場所に向かう。

「今日はちょっと、いつもより遠出しよう」

妙《みょう》などや顔をキメた清田《きよた》が提案してきた今日の寄り道デートスポットは、大型ショッピングモール。食べ物しか選択肢《せんたくし》がなかったときにくらべたら、だいぶデートっぽい。

でも、清田《きよた》が意気揚々《いきようよう》とあたしをつれてきたのは、服飾《ふくしょく》の店でも、おしゃれな雑貨屋さんでもなく。

「……家電量販店《かでんりょうはんてん》って」

あたしのテンションが明らかに下がっていることにも気づかず、清田《きよた》は最新型の家電がならぶフロアで、目をかがやかせて、あたしにあれこれとなぞの解説を始めた。

「あのな片桐《かたぎり》、この炊飯器《すいはんき》はすごいんだよ。何がすごいって、真空技術で米を炊《た》き上《あ》げるから――」

へぇ……。清田《きよた》は物静かなタイプだと思ってたけど、好きな分野では、こんなによくしゃべるんだ。知らなかった。

「な、おもしろいだろ！」

「うん、わりとおもしろいかも」

家電そのものというより、開発者や店員のごとく熱心に商品をすすめてくる清田《きよた》が。

しばらく清田《きよた》と二人で店内を歩いていると、なんだかかわいい小型のロボット掃除《そうじ》機《き》を見つけた。ほんの三秒くらい見ていただけなのに、清田《きよた》は「それが気になるのか」とものすごい食いつきかたをして、意気揚々《いきようよう》と解説を始めた。

「これ、小さいけど、吸引力《きゅういんりょく》とか、マジすごいから。省エネだし」

「へー。今、掃除機《そうじき》って、こんな高性能になってるんだ」

「すごいだろ、最新の家電って」

「うん。もうちょっと安かったら、あたしの部屋に置きたいくらいだもん」

「だろ」

自分が開発したわけでもないのに、なぜか得意げな清田《きよた》を見ていたら、だんだん本当に楽しくなってきた。たまには家電量販店《かでんりょうはんてん》デートも、悪くないかもしれない。

「清田《きよた》って、ふだんから、こんなふうに家電ばっかり買ってるの？　よく財布の中身、からっぽにならないね」

「見るのが好きなだけで、別にいつも買うわけじゃないからな。金欠にはなったことないぞ」

「マジで？　いいなぁ。あたし、いつも金欠だよ」

「女子は、金がかかるんだろ。服とか、なんか、そういうごちゃごちゃしたのに」

「ごちゃごちゃとか言わないでよ。女子には大事なことなんですー」

家電量販店《かでんりょうはんてん》なんて、恋人《こいびと》らしくない場所だったけど、気づいたらあたしと清田《きよた》は、とても仲のいい恋人《こいびと》同士のように笑いあっていた。

のんきに掃除機《そうじき》をながめていたこのときのあたしは、まさか翌日《よくじつ》、あんなことになるなんて、これっぽっちも想像していなかったのだけど――。

5 うわさの仕業《しわざ》

昨日は、朝の教室で、あたしが恵梨香《えりか》たちにかこまれた。でも今日は、清田《きよた》が男子たちにかこまれていた。

清田《きよた》と特に仲がいいわけでもなさそうな男子数人が、清田《きよた》の机《つくえ》のまわりにむらがっている。何を話しているのか、ちょっと心配になったけど、教室にいるあいだ、あたしと清田《きよた》はただの他人。

だから、まったく気にしていないふりをしていた――はずなのに、清田《きよた》のところにいた男子たちが、いきなりこっちにやってきた。

「なーなーなー、清田《きよた》と片桐《かたぎり》ってさ、つきあってんの?」

あまりにも突然《とつぜん》のことで、一瞬《いっしゅん》、言われている意味が理解できなかった。

「へっ!?　な、なんで!?」

「いや、昨日の放課後、ショッピングモールの家電量販店《かでんりょうはんてん》で、おまえらのこと見かけたんだけど、新婚《しんこん》みたいに家電とか選んでたから」

近くにいたクラスメートたちが「えー、ほんとにー?」とか、「いがーい」とか、口々に勝手なことを言い始める。

「え、っと……」

清田《きよた》が困《こま》ったような顔で、あたしを見ている。

本当のことを、言うか、言わないか。

あたしが思わずつばを飲みこんだとき、だれかが、とん、とあたしの背中《せなか》に触《ふ》れた。

「ちがうよー。だってこの子には、超《ちょう》イケメンの彼氏《かれし》がいるんだから!」

自信満々にそう言ったのは、恵梨香《えりか》たちだった。

「そうそう、前に写真も見せてもらったけど、マジでかっこいいから!」

「えー。そうなんだー」

一瞬《いっしゅん》で、クラスの女子たちにキラキラした目を向けられる。逆に、清田《きよた》をからかうつもりだった男子たちは、「なんだ、つまんねー」と不満げな顔になる。

「じゃあ、片桐《かたぎり》と清田《きよた》はなんの関係もないわけ？」

そう言われて、あたしは反射的《はんしゃてき》に言った。

「な、ないないない！　絶対ない！　こんな根暗《ねくら》っぽいやつ、まったくタイプじゃないし！　このクラスでも、清田《きよた》だけは、絶対、ないから！　昨日はたまたま会ったから、ちょっと一緒《いっしょ》に歩いただけ！　ね!?　そうだよね、清田《きよた》！」

あたしが半笑いでそう言うと、清田《きよた》は一瞬《いっしゅん》、黙《だま》りこんだあと、「……あぁ」としずんだ声で言った。

ちょっと胸《むね》が痛《いた》んだ。けど、これでよかったのだ。

変なうわさになったら、あたしも清田《きよた》も困《こま》るし。うるさいクラスメートをあしらうためなんだから、仕方ない。そんなこと、清田《きよた》だって、きっとわかってる。これはもう、一種の不可抗力《ふかこうりょく》だ。

あたしは、まちがってない。

実際、それでその場はおさまった。もともとみんな、暇《ひま》つぶし程度にからかおうとしていただけで、ただのクラスメートの恋愛話《れんあいばなし》に、たいした興味なんてないのだ。

「よかったね、ひかり。誤解《ごかい》が解けて」

そう言う恵梨香《えりか》たちは、「言ってやったぜ」みたいな満足げな顔をしている。

「しかし、よりによって清田《きよた》って。あいつ、なに考えてるかよくわかんないし、なんか地味《じみ》だし、若干《じゃっかん》キモくね？」

菜々美《ななみ》が笑いながら言った。恵梨香《えりか》が「確かに」と同調する。理子《りこ》はどこか微妙《びみょう》な表情をうかべていたけど、反論《はんろん》はしなかった。

そしてあたしは——、あたしも、あいまいな笑顔をうかべて言った。

「だよね。ホント、あんな変なやつとつきあってるとか、マジありえないんですけど」

教室の隅《すみ》にいる清田《きよた》に、あたしの言葉は聞こえただろうか。あたしは少し離《はな》れた席にすわる清田《きよた》の背中《せなか》を、一瞬《いっしゅん》だけ見て、すぐに目をそらした。

❖

その日の夜、あたしは清田《きよた》にメールを出した。

《清田《きよた》、今度の日曜日、どこ行きたい？　たまには清田《きよた》の行きたいとこ、合わせるよ》

なんか、ご機嫌《きげん》取りみたいでずるいメール。わざとらしいったらありゃしない。

でも、いつもはどんなに遅《おそ》くても、その日の夜十二時には「返信遅《おく》れた。夜分にすまん」で始まって、きっちり返ってくるメールが、その夜は届《とど》かなかった。

新着メールなしの文字を見てため息をついたあたしは、ベッドの上で寝《ね》ころがったまま、新しいメールを打つ。

《怒《おこ》ってる？》

でも、あたしはどうしてもそのメールを送信できなかった。

……まちがってない、はずだったのに。

遅効性《ちこうせい》の毒薬みたいに、あたしの中で後悔《こうかい》が広がっていく。

投げすてるようにスマホを枕《まくら》もとに置いて、あたしはかたく目を閉《と》じた。

6 崩壊《ほうかい》と後悔《こうかい》

翌朝《よくあさ》、清田《きよた》からメールが届《とど》いていた。

《すまん、日曜日は予定がある》

めずらしい。いつもは向こうから「日曜日は部活もないし、暇《ひま》なんだ」と言ってデートにさそってくるのに。

やっぱり、本当は昨日のこと、怒《おこ》ってるんだろうか。確かめようにも、メールのやりとりはこんな調子だし、学校ではみんなの手前、話しかけることもできない。放課後、こっそりつかまえようとしても、清田《きよた》はあたしをさけるように、さっさと教室を出ていってしまう。

そんなもやもやした状態で迎《むか》えた土曜日。幸か不幸か、今日はデートじゃなくて、恵梨香《えりか》と菜々美《ななみ》と理子《りこ》とあたし、四人で女子会だ。このあたりに住む若者《わかもの》たちの聖地《せいち》ともいえる繁華街《はんかがい》に出て、映画《えいが》を観《み》て、軽くショッピング。そのあとは、雑誌《ざっし》で話題のカフェでケーキを食べて、最後はカラオケで夜までさわぐ予定。

四人でケーキをつついている最中、急に恵梨香《えりか》がスマホのカメラをかまえた。

「ちょっと撮《と》っていい？　あっ、みんなも入って！」

「いいけど、なんで？」

「いや、女友だちと出かけるって言ってるのに、彼氏《かれし》に浮気《うわき》じゃないかってうたがわれたからさー。証拠《しょうこ》、証拠《しょうこ》」

ふぅん。恵梨香《えりか》って、彼氏《かれし》とけっこう長くつきあってるのに、そんなことまでうたがわれてるんだ。いわゆる、束縛《そくばく》ってやつ？

……清田《きよた》だったら、そんなめんどくさいこと、言わないだろうな。でもなんか、それはそれで、逆に愛されてない感じなんだろうか。乙女心《おとめごころ》って複雑。

菜々美《ななみ》が便乗して写真を撮《と》り始《はじ》めたので、あたしもスマホをかまえた。特に必要ないけど、この空気には乗っかっておいたほうがよさそうだったから。

理子《りこ》だけは、写真を撮《と》るあたしたちをにこにこしながら見ている。まるで、自分だけは別の世界の人間ですって顔で。

そのようすに少しいらっとしたあたしは、思わず言った。

「……理子《りこ》はいいの？」

その言葉で、一瞬《いっしゅん》、空気が止まった。

「えっ？　わたし？」

「なに言ってんの、ひかり。理子《りこ》にはまだ彼氏《かれし》とかいないんだから、証拠《しょうこ》とか必要ないじゃん」

何も知らない菜々美《ななみ》が、あきれたように言う。

「そっか。そうだったね」

「ひかり、自分に彼氏《かれし》ができたからって、なんか、上から目線じゃね？」

恵梨香《えりか》がけらけら笑うと、理子《りこ》も笑った。

「そうだよー。わたしは、みんなみたいにモテないからさー」

そう言う理子《りこ》の笑顔は、少し曇《くも》っている気がした。

それを見て、少し気が晴れた自分がなんだかイヤになって、あたしはあいまいな笑顔をうかべながら、ストローでオレンジジュースをかきまぜた。

❖

「あれ、ひかりちゃん？」

カフェを出て、みんなでカラオケに向かおうとしたとき、急に声をかけられた。そこに立っていたのは、いとこの克也《かつや》さん。

「か、克也《かつや》さん!?」

「ひかりちゃん、ひさしぶりだね！」

やばい、と思った。「どうも」とだけ言って、すぐにその場を離《はな》れたかったけど、もちろん、恵梨香《えりか》たちがそれを許すはずもない。「きゃー！」と歓声《かんせい》をあげて、一瞬《いっしゅん》で克也《かつや》さんを取りかこむ。

「は、はじめまして！　ひかりの彼氏《かれし》さんなんですよね!?」

「あ、あたしたち、ひかりの友だちで！　きゃー、写真より実物のほうがもっとかっこいい！」

「ひかりちゃんから、よく聞いてます！　二人、すっごくなかよしですよね！　いつもみんなで、うらやましいって言ってるんですよ！」

口々にそんなことを言われて、克也《かつや》さんはきょとんとした顔になる。あたしは全力で「話を合わせてくれ」という視線《しせん》を送ってみたけど、察しの悪い克也《かつや》さんは、けろっとした顔で笑い始めた。

「彼氏《かれし》？　俺《おれ》が？　ひかりちゃんの？　ははは、だったらうれしいけどね！　残念ながら、ただのいとこだよ！」

言ってしまった。真実を。

「おっと。じゃあ、彼女《かのじょ》を待たせてるから」

しかも、余計なおまけつきで。

恵梨香《えりか》たちの微妙《びみょう》な反応に気づくこともなく、克也《かつや》さんは「ひかりちゃんもお友だちと楽しんでね」と言って去っていった。

取り残されたあたしたちのあいだに、ものすごく気まずい沈黙《ちんもく》が流れる。ていねいにブロックを積み上げてつくりあげたはずのウソの城《しろ》は、核《かく》となるブロックが抜《ぬ》け落《お》ちた瞬間《しゅんかん》、一気に崩壊《ほうかい》した。

「……えっと、どういうこと？」

口を開いたのは恵梨香《えりか》だった。みんなの冷たい視線《しせん》を感じつつ、あたしはとりあえず、「えっ？」と聞き返して、二秒くらいの時間稼《かせ》ぎをしてみた。けど、もちろんそんなので逃《に》げられるはずもなく。

「いや、えっ？　じゃなくて。彼氏《かれし》がいるって、ウソだったの？」

「……そういうわけじゃ」

「だってさっきの人、彼女《かのじょ》いるって言ってたじゃん」

「だからその……写真だけ偽物《にせもの》だったっていうか……」

あぁ、もう。克也《かつや》さんも、なんでこんな日に、こんなところにいるかなぁ！　しかも、なんであんな余計なことを！

あたしが克也《かつや》さんに理不尽《りふじん》な怒《いか》りをぶつけたくなったとき、ずっと黙《だま》りこんでいた理子《りこ》がぽつりと言った。

「もしかして――清田《きよた》くん？」

急に真実を言いあてられて、あたしは思わず息を飲む。その反応ひとつで、すべてバレてしまったらしい。

恵梨香《えりか》と菜々美《ななみ》は、「マジで?」「え、清田《きよた》?」と若干《じゃっかん》引いている。

そりゃそうだ。あたしは少し前に、恵梨香《えりか》たちと一緒《いっしょ》になって、清田《きよた》に対して、根暗《ねくら》だのタイプじゃないだのと、さんざんひどいことを言っていたのだから。

あたしが言葉につまっていると、理子《りこ》がぼそっとつぶやいた。

「……言ってくれればよかったのに」

その瞬間《しゅんかん》、あたしの頭にカッと血が上った。

「そんなこと、理子《りこ》にだけは言われたくない!」

あたしの言葉に、三人とも目を丸くする。これ以上言うとやばいかなと思ったけど、言いだしたら止まらなかった。

「あたし、見たんだから! 休みの日に、理子《りこ》が他校の男子と歩いてるの!」

「え、あ、あれは、その……っ!」

一瞬《いっしゅん》で、立場逆転。

理子《りこ》があわてたようすになったのを見て、あたしはここぞとばかりに理子《りこ》を責め立てた。

「あんなにかっこいい彼氏《かれし》がいるくせに、自分はモテないみたいなこと言って！　本当は心の中で、あたしたちのこと、見くだしてたんでしょ!?」

「そ、そんなこと……」

「恵梨香《えりか》と菜々美《ななみ》だって、理子《りこ》にずっとだまされてたんだよ！　許せないよね!?」

すると、菜々美《ななみ》が妙《みょう》に冷静に言った。

「つまり、二人ともウソをついてたってことだよね？」

立場は、逆転したわけじゃなかった。あたしが理子《りこ》をこちらに引きずりこんだだけで、あたしの立場がよくなったわけじゃない。

「……あたしたちの友情って、その程度だったんだ」

恵梨香《えりか》のひと言で、全員黙《だま》りこんだ。
もちろん、もうこれからカラオケに行ける雰囲気《ふんいき》でもない。あたしたちはそのあと、だれから言いだすともなく解散した。

❖

家に帰ってSNSを見ると、こんなことになるなんて、ちっとも思っていなかった昨日のあたしの、のんきな書きこみがならんでいた。

――あの映画《えいが》、別のクラスの友だちが、マジ感動するって言ってた！
――あそこのケーキ、こないだ彼氏《かれし》と食べたけど、おいしかったよん
――ひさびさのカラオケ、超《ちょう》楽しみー！
――恵梨香《えりか》、あのバンドの曲、一緒《いっしょ》に歌おー

ウソにまみれた言葉、言葉、言葉。机《つくえ》の上には、昨日の夜に予習していた、たいして好きでもないバンドのＣＤがむなしく置かれている。

ホント、なにやってんだろ、あたし。

落ちこめば落ちこむほど、なぜだか無性に清田《きよた》の顔を見たくなった。でも、最近、清田《きよた》から届《とど》くメールはいつも同じ。

《悪い。明日は用事がある》

「……彼女《かのじょ》のこと、ほったらかして、なにしてんだ、ばーか」

画面をにらんでつぶやいても、だれにも何も届《とど》かない。

7 イブの前、後の祭り

あれから、恵梨香《えりか》や菜々美《ななみ》とも、理子《りこ》ともぎくしゃくしている。結局、清田《きよた》とも話せていない。

四人のSNSの更新《こうしん》もぴたりとなくなった。きっと、恵梨香《えりか》と菜々美《ななみ》は、二人だけのグループをつくって、あたしと理子《りこ》を責め立てるやりとりでもしているんだろう。

「あのさ、恵梨香《えりか》——」

休み時間に声をかけようとしたら、恵梨香《えりか》は何も言わずにすっと立ち上がって、菜々美《ななみ》と二人で行ってしまった。

「あの、ひかりちゃん……」

一人取り残されたあたしに、理子《りこ》が声をかけてくる。けど、あたしはそれを無視《むし》して、一人で歩きだす。

ひどい負の連鎖《れんさ》だ。頭ではわかっているのに、どうしても、前と同じように理子《りこ》に接することができない。理子《りこ》を責める資格なんて、あたしにはないのに。

それでも、その日の放課後、一人で帰ろうとするあたしのところに、また理子《りこ》がやってきた。「ちょっと、いいかな」と言われて、みんなが下校したあとの教室で、二人きりで向かいあう。

「ひかりちゃん……その、ごめん」

「それ、何に対する謝罪？」

「それは……」

理子《りこ》の悲しそうな顔を見て、あたしの胸《むね》がふさがる。あたしは、行き場のない気持ちを四文字に凝縮《ぎょうしゅく》して、八つ当たりみたいに理子《りこ》にぶつけた。

「……うそつき」

あたしが言えたことじゃないけど。

「うそつき」

もう一度言うと、理子《りこ》が悲しげに顔をふせた。何度言っても、ただただ、むなしくて仕方ない。

だからあたしは、理子《りこ》にぶつける四文字をかえた。

「いつから」

「えっ？」

「いつから、つきあってたの？　あたしたちに黙《だま》って」

淡々《たんたん》としたあたしの問いかけに、理子《りこ》はうつむいたままこたえた。

「……ひかりちゃんが清田《きよた》くんとつきあい始める、二か月くらい前。彼《かれ》、中学のときの同級生で、人気者だったから、ずっとわたしなんか相手にされないって思ってたんだけど、偶然《ぐうぜん》、会ってしゃべったとき、話が合って……そのまま、なんとなく」

「なんで言わなかったの？」

「……それは」

「あたしみたいに見栄《みえ》はって、彼氏《かれし》がイケメンって言うならわかるけど……。なんで、逆のウソなんて、ついたわけ？」

あたしが問いかけると、理子《りこ》は視線《しせん》を右上に投げて、そっけない口調でこたえた。

「別に……ただ照れくさくて言えなかっただけだよ」

ウソだ、と思った。

あたしだけ彼氏《かれし》がいないのが、かわいそうだと思ったから。だから、理子《りこ》は二か月間、それまでと同じように、ずっと「彼氏《かれし》いないキャラ」を演じていたのだ。

それにくらべてあたしは、ただ自分のために見栄《みえ》をはっただけ。恵梨香《えりか》と菜々美《ななみ》はともかく、理子《りこ》よりはあたしのほうがかわいいなんて、どこかでうぬぼれてた。仲のいいふりをしながら、理子《りこ》には彼氏《かれし》ができないだろうって、たかをくくってた。

友だちだなんて言いながら、ずっと理子《りこ》を見くだしてたのは、あたしのほうだ。

「それに、ほら、わたしはこういうキャラだから。彼氏《かれし》いないってことにしといたほうが、楽だったんだ。それだけ」

理子《りこ》はそう言って、どこか大人びた顔で笑った。

「ごめんね、ひかりちゃん。あやまりたかっただけだから、これで――」

「あのさ、理子《りこ》!」

教室を出ようとする理子《りこ》を呼《よ》び止《と》めた。でも、その先が続かない。「ごめん」と言えばいいだけだと頭ではわかっているのに、どう切りだしていいかわからない。

だから、あたしは視線《しせん》をそらして、そっけない口調で言った。

「理子《りこ》ってさぁ……コンタクトにしたほうが、かわいいんじゃない? いや、メガネも似合うけどさ」

このあいだ見かけた、メガネをはずして恋人《こいびと》と歩く理子《りこ》は、とても幸せそうでかわいかった。それが、くやしかった。

「理子《りこ》、恵梨香《えりか》とか菜々美《ななみ》よりかわいいと思うよ。ぶっちゃけ。マジで」

そう言うと、理子《りこ》は目を丸くしたあと、小さくはにかんだ。そして、「ウソばっかり」と首をすくめる。いつもどおりの理子《りこ》の顔を見て、あたしも少しだけ笑った。

「そういえばさ、ひかりちゃん、清田《きよた》くんとケンカでもしてるの？　最近、教室で目も合わせてないから、気になってたんだけど」

「ケンカ……っていうのか、わかんないけど。なんかさけられてはいる……かな」

「それって、この前、教室でわたしたちが余計なこと言ったせいだよね。……ごめん」

「ちがうよ。理子《りこ》たちのせいじゃない。あたしのせい」

清田《きよた》が傷《きず》ついたのはきっと、ほかでもないあたしに裏切《うらぎ》られたせいだ。

「……仲なおり、できるかな」

あたしが小声でつぶやくと、理子《りこ》はまじめな顔でうなずいた。その表情を見ていたら、なんだか清田《きよた》を思い出して、胸《むね》が締《し》めつけられた。
清田《きよた》は今、何をしてるだろう。

❖

《清田《きよた》、今日、会えない？　場所は、どこでもいいよ。なんなら、またあの家電量販《かでんりょうはん》店《てん》でも行かない？》
次の日曜日、わかりやすい釣《つ》りみたいなメールで、清田《きよた》をデートにさそってみた。
でも、すぐにもどってきた返事はそっけない。
《すまん。風邪《かぜ》引いて家で寝《ね》てる》
「でもまぁ、風邪《かぜ》なら仕方ないか……」
自分に言い聞かせるようにつぶやいて、ふと思った。
お見舞《みま》い、行ってみようかな。

前に出かけたときに「俺《おれ》の家、あのへん」って言ってたから場所もだいたいわかるし、住所も知ってる。家の人が出てきたって、堂々と「お見舞《みま》いにきました」って言えばいい。あたしは一応、れっきとした彼女《かのじょ》なんだから。

うじうじと考えるより、とにかく行動あるのみ。とりあえず、家にあったリンゴとモモの缶詰《かんづめ》をお見舞《みま》いの品にして、あたしは清田《きよた》の家に向かった。

思ったよりあっさりたどり着いた、こぢんまりとした一軒家《いっけんや》。「清田《きよた》」の表札の前で深呼吸《しんこきゅう》をして、ふるえる指でチャイムを鳴らす。インターホン越《ご》しに、「はい」と甲高《かんだか》い声が聞こえた。きっと清田《きよた》のお母さんだ。

「えっと、清田《きよた》……じゃなくて、幸則《ゆきのり》くんの……クラスメート、なんですけど……」

恋人《こいびと》です、とは言えなかった。よく考えたら、ただのクラスメートがお見舞《みま》いにくるのも不自然だけど、言ってしまったものは仕方ない。

「えっと、幸則《ゆきのり》くんのお見舞《みま》い――」

「あぁ。幸則《ゆきのり》なら、朝から出かけてますよ」

へっ？

「……あ、あぁ。そうですか。なら、いいです。すいません。また学校で、はい、すいませんでした」

早口で言って、あたしは逃《に》げるように清田《きよた》の家をあとにした。

そこから先は、よく覚えていない。

清田《きよた》は寝《ね》こんでなんかいなくて、朝からどこかへ出かけていた。何をしにどこへ行ったのかはわからないけど、わざわざ風邪《かぜ》を引いてるとウソをついてデートをことわる理由なんて、ひとつしかない。

完全な無駄足《むだあし》となったお見舞《みま》いの帰り道、あたしはコートのポケットに手をつっこんで、うつむきながら歩いていた。

なにが、れっきとした彼女《かのじょ》だ。バカじゃないの。そもそも、好きでもないのにつきあった相手じゃないか。見栄《みえ》とかウソで、適当につきあった相手じゃないか。

それに、今だって。

「……清田《きよた》のことなんて、別に」

好きでもない。

……本当に？

胸《むね》の奥《おく》が、針《はり》でつかれたように痛《いた》んで、あたしはぴたりと足を止めた。はきだす息は白く、頭の中にうかぶ言葉はしらじらしい。

ウソばっかり。きっと、あたしがついていたいちばん大きなウソは、自分についていたウソ。

別に好きじゃない、なんて、ウソ。

だって清田《きよた》は、あきれるほどまっすぐに、あたしに向かって、おまえが好きだと言ってくれた人だ。はじめて、やさしいからおまえが好きだと言ってくれた人だ。

あたし、本当は、清田《きよた》のこと、好きだったんだ。

「……今さら気づいても、遅《おそ》いよ。バーカ」

自業自得《じごうじとく》。身から出たさび。因果応報。後の祭り。

なんて言葉があてはまるのかわからないけど、一度失ったものは、もうもどってこない。

来週はクリスマスがやってくる。

でもきっと、ウソつきのところに、サンタクロースは来ない。

8 あやまりとはじまり

クリスマスイブの朝、気分は最悪だった。はじめて彼氏《かれし》とすごすはずだったイブなのに、彼氏《かれし》はいつの間にか愛想《あいそ》をつかして別の女の子の元へ行ってしまって、理子《りこ》はともかく、恵梨香《えりか》や菜々美《ななみ》たちとはいまだにぎくしゃくしたまま。仮にも彼氏《かれし》ができたのだからと、数週間前にカレンダーにきざんだハートマークがうらめしい。

だから、今日は、クリスマスイブというよりは、単なる二学期の終業式の日。半日ぼーっとしているだけの、楽な一日だ。そう自分に言い聞かせて家を出た。

実際、全校集会の話を聞き流して、教室で取り立ててよくもない成績表を渡《わた》されたあと、いっそ、雨でも降《ふ》ればいいのにと思いながら窓《まど》の外をにらんでいたら、すぐに時間はすぎていった。

クラスのうかれたリア充《じゅう》たちの恋《こい》バナを耳にしてへこむ前に、さっさと帰ろう。

でも、足早に教室を出ようとしたあたしの肩《かた》に、ぽんと手がのった。振《ふ》り向《む》いたら、そこに立っていたのは、真顔の清田《きよた》。

「片桐《かたぎり》、ちょっといいか」

ものすごくひさしぶりに清田《きよた》から声をかけられた。用件は言われなくてもわかっている。あたしは清田《きよた》に負けないいくらいの真顔で、ゆっくりうなずいた。

帰り道、二人であたりさわりのない話をしながら、学校近くの公園に立ちよる。古ぼけたベンチに二人でならんですわった。

そういえば、告白されたときも、「ちょっといいか」って放課後の教室に呼《よ》びだされたんだっけ。始まったときと同じ言葉で終わるなんて、皮肉な話だ。

そんなことを考えていたら、清田《きよた》があたしのほうをまっすぐ見て、口を開いた。

「あのさ、片桐《かたぎり》――」

「聞きたくない」

「えっ？」

「……言われなくても、わかってるよ。別れ話でしょ？」

「え、いや」

「でもさ、よりによって、こんな日に言わなくてもいいじゃん」

もう一日くらい、夢を見させてくれてもいいじゃん。ほんっと、最後まで、空気の読めない人。

あたしが涙《なみだ》をこらえてくちびるをとがらせていると、清田《きよた》は頭をかきながら、困《こま》り顔《がお》で言った。

「別に、別れ話じゃないんだけど」

「最近、学校でもあたしのこと、さけてたくせに」

「いや、このあいだ、クラスでみんなにあれこれ言われたから、学校で話しかけたら、またさわがれて迷惑《めいわく》かなって思っただけで」

「いいよ、そんな見えすいたウソ。風邪《かぜ》引いてるって言ってた、こないだの日曜日、あたし、清田《きよた》の家までお見舞《みま》いに行ったの。そしたら、清田《きよた》、いなかったじゃん」

あたしがそう言うと、清田《きよた》が目を丸くする。

「母さんが言ってたクラスメートって、片桐《かたぎり》のことだったのか。母さん、女子だって言わなかったから、てっきり将棋部《しょうぎぶ》のやつだとばっかり思ってた」

「あの日、寝《ね》こんでるって、ウソついたってことは、つまりほかの女の子と——」

するど、あたしの言葉をさえぎるように、清田《きよた》がさらっと言った。

「バイトだよ」

「………へっ？」

「引《ひ》っ越《こ》し屋《や》のバイトしてたんだよ、土日だけ」

「な、なんでバイトなんか……だって清田《きよた》、前に、お金には困《こま》ってないって……」

「いや、なんていうか、俺《おれ》が自分で稼《かせ》いだ金じゃなきゃ、意味ないって思ったから」

そう言って清田《きよた》は、自分のカバンの中から、なにやら大きな箱を取りだした。そういえば、終業式だというのに、やけに重たそうなカバンを持っていたけど——なんて考えていたら、清田《きよた》はその箱を、そっとあたしのひざの上に置いた。

「メリークリスマス」

一瞬《いっしゅん》、何がおこったのかわからなかった。でも、ワンテンポ遅《おく》れて、やっと、あたしの頭が事態を理解し始めた。ひざの上に置かれた箱が、きれいにラッピングされていることにも、やっと気づいた。右隅《みぎすみ》には、リボン付きの大きなシール。

これ、あたしへの、クリスマスプレゼント？

「あ……り、がとう……。開けて、いい？」

「もちろん」

変に緊張《きんちょう》して少しふるえる指先で、飾《かざ》りっ気《け》のないシンプルな包装紙《ほうそうし》を解いていくと、中から出てきたのは——。

「……えっ？　なにこれ」

「ロボット掃除機《そうじき》。部屋に置きたいとか言ってただろ」

……言った。確かに言った。言った、けど。

あたしのひざの上にあるのは、丸っこくて小さいボディが売りの、高性能ロボット掃除機《そうじき》。

これが、恋人《こいびと》へのはじめてのクリスマスプレゼント？

「……ぷはっ！　あは、あはは！　掃除機《そうじき》って！」

普通《ふつう》、彼女《かのじょ》へのクリスマスプレゼントって言ったら、アクセサリーとかオルゴールとか、そういうのが定番でしょう。よりによって、掃除機《そうじき》って。

やっぱり、現実は理想どおりにはいかない。でも、だから現実は愉快《ゆかい》で、いとしい。

清田《きよた》とつきあって、それがちょっとだけ、わかってきた。

「か、片桐《かたぎり》、気に入らなかった……？　女子の趣味《しゅみ》とかわからなかったから、実用性を重視《じゅうし》したんだけど……、やっぱまずかった？」

「ううん、そんなことない。大事にする。ありがとう！」

「お、おぉ……。なら、よかったけど」

気に入ったよ。だって、こんなのまちがいなく、清田《きよた》にしか選べないから。

あたしは珍妙《ちんみょう》なプレゼントに思いっきり笑いながら、ほんの少しだけ泣いていた。

そうか。それでか。そのために、あんなに運動音痴《おんち》で体力もないくせに、引《ひ》っ越《こ》し屋《や》のバイトまでして。慣れないウソなんかついて。終業式だっていうのに、やけにでかくて重たそうなカバンなんか持ってきちゃって。

ほんっと、清田《きよた》はどこまでいっても、清田《きよた》だ。

失ったと思っていたものは、あたし次第で、まだ取りもどせるかもしれない。

あたしは泣き笑いの目もとをぬぐって、まっすぐに清田《きよた》を見つめた。目の前にあるのは、見慣れているはずの清田《きよた》の顔なのに、なんだかはじめて運命の人に出会ったときみたいに胸《むね》が高鳴る。

「ねぇ、清田《きよた》。こないださ、教室で……なんかいろいろ言って、ごめん」

「えっ？　……あぁ、あれか。あんなの、クラスのやつらをあしらうためだろ。別に気にしてない。それに、俺《おれ》がもっと自慢《じまん》できる彼氏《かれし》ならよかったんだ。むしろ、すまん」

「そんなこと……。あたし、ひどいウソついて、清田《きよた》のこと傷《きず》つけて」

「俺《おれ》もウソついてバイトしてたし。だから、おあいこだよ。ごめん」

「ううん。清田《きよた》がウソついたのは、あたしのためだし……だから、あたしのほうが、ごめん」

「……いや、俺《おれ》こそ、ごめん」

おたがいに頭を下げあっている状況《じょうきょう》がおかしくなって、思わず二人して小さく笑う。

「プレゼント、本当にありがとう。うれしかった」

「俺《おれ》も、見舞《みま》いにきてくれたって聞いて、うれしかった。だから、ありがとう」

今度はお礼の言いあい。あたしたち、案外似た者同士なのかな。だとしたら、うれしい……かも。

「やっぱり、片桐《かたぎり》、やさしいよ」

そう言われたのは、告白のとき以来、二回目だけど、前よりも胸《むね》の奥《おく》が熱くなる。

同じ意味の言葉なのに、最初に言われたときよりも、ずっと強く心にひびいた。

でもさ、あたしなんかより清田《きよた》のほうが、ずっとやさしいよ。

今なら自信を持ってそう言える。

「あたしからもお返しのクリスマスプレゼント……といきたいんだけど、何も持ってないから、かわりに、言葉と行動で示すことにする」

「へ？」

もしもこれがドラマなら、「あたしも清田《きよた》のことが大好き！」と言って、抱《だ》きつくとかキスするとかしてハッピーエンドっていう盛《も》り上《あ》がりどころなんだろうけど——

あたしは、きょとんとしている清田《きよた》に向かって、ただ静かに頭を下げた。

「清田《きよた》幸則《ゆきのり》くん。あたしは、あなたのことが好きです。あたしとつきあってください」

突然《とつぜん》の告白に、清田《きよた》はますます目を丸くする。

「は、い……っていうか、もうつきあってるだろ」

予想どおりの反応が、おかしくて、うれしくて。

「わかってないなぁ。あたしたちは、今からつきあい始めるの。こっから、もう一度始まるんだよ」

今度は、ウソじゃなくて、本当に。

「ほら、クリスマスイブから始まったっていうほうが、ロマンチックでしょ？」

「そんなもんか」

「そんなもんなの。ほらほら、せっかくのイブなんだから、早くどっか行こ？　今日はどこも混雑しまくってるに決まってるんだからさぁ。あと、プレゼントの掃除機《そうじき》、めっちゃじゃまなんだけど」

あたしがおどけたようにそう言うと、あわてて「俺《おれ》が持つよ」と言ってくれる、あたしの彼氏《かれし》。ちょっと不器用で変わり者で、あまりかっこよくはないけど、やさしくてまっすぐですてきな、あたしの彼氏《かれし》。

「……ねぇ、清田《きよた》。あたし、三学期が始まったら、恵梨香《えりか》と菜々美《ななみ》と理子《りこ》にウソついてたことあやまって、クラスのみんなにも、ホントのこと言うよ」

自慢《じまん》の彼氏《かれし》なんだって、今度こそ、大声で言うよ。

そう心に決めて、あたしは隣《となり》を歩く清田《きよた》の手に、そっと自分の手をかさねた。はじめてにぎった恋人《こいびと》の手は、思っていたよりもずっと大きくて、あたたかかった。

解説

心理学者　晴香葉子

◎十代に多い居場所を守るためのウソ

ひかりがついたウソは、十代に多い「居場所を守るため」のウソでした。

仲のよい友だちやグループの中にある〝自分のポジション〟を失いたくなくて、またはもう少し上げたくて、つい張ってしまう小さな見栄《みえ》から始まります。相手との関係や自分の居場所を大事に考えているからこそのウソですが、主に二つの問題があります。

①エスカレートしやすい……バレないようにと、ウソをぬりかさねていくことになりがちです。

②信用を失いやすい……バレたときには、一気に信用を失い、嫌《きら》われてしまいます。

◎遠慮《えんりょ》からのウソは、かえって相手を傷《きず》つける

理子《りこ》がついたウソは、一人だけ彼氏《かれし》がいないひかりに遠慮《えんりょ》してついたウソ。

優《やさ》しさや思いやりの気持ちがあってこそのウソですが、バレたときには、かえって、相手のプライドを傷《きず》つけてしまうことになります。

◎相手を喜ばせたくてつくウソ

清田《きよた》がついたウソは、相手を喜ばせたくてついたウソ。

サービス精神が旺盛《おうせい》な人や照れ屋さんによく見られるウソですが、「実はね！」と伝えるまでの期間、相手を不安な気持ちにさせてしまうことがあります。

◎ホワイトライ・ブラックライ

心理学では、悪気《わるぎ》のない、相手を思いやるからこそのウソを「ホワイトライ」と呼《よ》んでいます。反対に、相手をだますような、悪意のあるウソは「ブラックライ」といいます。「ブラックライ」は、詐欺《さぎ》などの犯罪にも結びつきやすく、避《さ》けるべきです。おせじや社交辞令などもふくめて、はげましやなぐさめなど、相手の立場や状況《じょうきょう》を配慮《はいりょ》しての「ホワイトライ」は、ほとんどの人が、日常的に、特に意識もせずについていることがわかっています。

相手のウソに気づくとドキッとするものですが、すぐに「ウソだ！　ひどい！」と怒《おこ》るのではなく、一度、〝そのウソの奥《おく》にある本当の気持ち〟について、考えてみてください。

ウソをつく人の多くが、あなたと「この先もよい関係でいたい」と思っているものです。

わたしと彼女《かのじょ》の好きな人

長江優子

＊プロローグ

夕方のカフェは人でいっぱいだった。

オープンテラスの混雑を横目でながめながらドアを押《お》すと、店の奥《おく》から背《せ》の高い男性スタッフがやってきた。

「いらっしゃいませ。お待ち合わせですか？」

「はい」

「テラス席があいているので、そちらにご案内します」

えっ、外は満席だったはずだけど……。

不思議に思いながら男性スタッフの後ろをついていくと、奥《おく》まった場所にテーブルがあった。

「この席がうちのベストポジションです」

男性スタッフは白い歯を見せてほほえんだ。

（すてきな人だな）

彫《ほ》りが深くて、細身の体つき。きっと、もてるんだろうな。

わたしはアイスカフェオレを注文すると、リュックからノートとサインペンを出して、一輪挿《いちりんざ》しのガーベラや客の横顔など、目にとまったものをスケッチした。

大学生になって四か月。家と学校とバイトを三角形に行き来する毎日で、好きな絵を描《か》く時間もない。こうして人を待っているときにサササッとペンを動かすだけでも、気持ちが落ち着く。

「タカユキのこと、どう思ってるの？」

どれくらいたったころだろう。不意に、だれかの声が耳に入ってきた。

目線の先のテーブルで、二人の女の子が、食べかけのハワイアンパンケーキを前にして向かいあっている。

大人びた容姿《ようし》だけど、高校生だ。足もとのカゴにふたつ、紺色《こんいろ》のスクールバッグが入っている。

腰《こし》までのロングヘアの女の子が「ねえ、タカユキのこと、本当は好きなんでしょ？」と言った。

ショートカットの女の子が「まさかぁ。そんなことあるわけないじゃーん」と口を大きく開いて笑った。

「でも、なにかとタカユキにからんでるし」

「それは……だってほら、ウチら、中学から一緒《いっしょ》だから。あいつが恋愛《れんあい》対象なんてありえない」

「ホントに？」

「うん」

「じゃあ、タカユキに気持ち、伝えていいかな？」

「………………」

「じつは明日、タカユキと遊ぶ約束してるんだ」

ショートカットの女の子は一瞬《いっしゅん》、言葉につまった。まばたきをして、アハッと笑う。

「がんばって。応援《おうえん》してるよ」

「ありがとう。ミワの気持ち、ちゃんと聞いてからにしようって決めてたの。でも、よかった。化粧《けしょう》、なおしてくるね」

ロングヘアの女の子が席を立った。はずむようにテラスから店内へ向かっていく。

その姿《すがた》をショートカットの女の子が見送る。友だちが店の奥《おく》へ消えるのと同時に、表情から笑みが消えた。ほおづえをつき、心ここにあらずといった感じで、パンケーキをフォークでつついている。

（この子はタカユキ君のことが好きなんだな）

わたしは一メートル先の女の子の気持ちが手にとるようにわかった。
なぜなら、わたしも同じように聞かれたことがあるから。
「海斗《かいと》のこと、どう思ってるの？」と。
わたしは女の子の横顔を見つめながら、心の中でつぶやいた。
（本当の気持ち、友だちに伝えたほうがいいよ）
自分にウソをつくと、いつか後悔《こうかい》する。
そうして、思ってもみないかたちで自分自身に返ってくる。
わたしはグラスに手をのばした。氷がとけて色の薄《うす》くなったアイスカフェオレが、
やけに苦《にが》く感じた。

1 親友と同じ人を好きになったら？

あれは高校二年生のとき。

わたし、浅野香菜《あさのかな》は同じ中学だった榎戸里愛奈《えのきどりあな》、風見海斗《かざみかいと》と同じクラスになった。

席が近かったせいもあって、わたしたち三人はすぐに打ちとけて、一緒《いっしょ》にすごすようになった。

海斗《かいと》はくっきりした二重まぶたのあまい顔立ちで、いわゆる母性をくすぐるタイプ。クラスや学年の垣根《かきね》を越《こ》えてモテまくっていた。だから、わたしと里愛奈《りあな》はうらやましがられていたし、わたしたちのことを不愉快《ふゆかい》に思っている女の子がいることも知っていた。

クラスメートの絹川《きぬかわ》さんもその一人。

美人でリーダー格の絹川《きぬかわ》さんが、遠くからこちらをながめていたとき、わたしは（たぶん里愛奈《りあな》もそうだと思うけど）心のどこかで優越感《ゆうえつかん》を感じていた。

雨あがりのじめじめした七月の午後。

わたしは美術室の窓《まど》から身を乗りだして、真下のテニスコートで海斗《かいと》がボールを打ちあうようすをながめていた。

イキのいい魚のように、上体をのけぞらせてサーブを打つ海斗《かいと》。もどってきたボールを力強く打ち返すと、ボールはネットのはるか上空を飛んで、フェンスの網目《あみめ》にスポッとはまった。

「おーい、海斗《かいと》。野球じゃないんだぞー」

わたしが叫《さけ》ぶと、海斗《かいと》はラケットをかかげて「ナイスボールだろ」と笑った。白い歯がまぶしい。

振《ふ》り返《かえ》ると、デッサン中の里愛奈《りあな》がこちらを見ていた。

わたしは口もとに笑みをふくませて窓《まど》から離《はな》れた。

「ねえねえ、里愛奈《りあな》。今、海斗《かいと》がすごいところにボール打ったよ。ホームランみたいだった」

「香菜《かな》はもう描《か》いたの？」

「うん、だいたいね」

里愛奈《りあな》は首をのばしてわたしのイーゼルを見た。

今日の美術部の課題は、軍神マルスの石膏《せっこう》デッサン。

里愛奈《りあな》はわたしの絵を見て、プッとふいた。

「顔、大きすぎ。目、タレすぎ。肩《かた》、ナデ肩《がた》すぎ」

「ひっどーい！　里愛奈《りあな》のだって、顔、細すぎ。二重まぶたの幅《はば》、広すぎ。体、きゃしゃすぎ。……あ、なんかこの絵、海斗《かいと》に似てない？　マルスじゃなくて、海斗《かいと》を描《か》いたんでしょ」

冗談《じょうだん》で言ったら、里愛奈《りあな》はムスッとした。

「あ、怒《おこ》っちゃった？」

「べつに」

「ごめん」

「いいから、早く描《か》きなよ」

「う、うん」

わたしはイスにすわりなおして、デッサン用の鉛筆《えんぴつ》をにぎった。

（里愛奈《りあな》ったら、ヘンなの）

いつもの里愛奈《りあな》なら、笑ってくれるはずなのに。

だいたい、いつも海斗《かいと》のことを「チョーかっこいい」とか、「世界でいちばん好きなヤツ」とか、本人の前でも堂々と言ってのけてるし。

学校を出ても、里愛奈《りあな》の機嫌《きげん》は直らなかった。

肩先《かたさき》からピリピリした空気がただよってくるので、「里愛奈《りあな》、ごめんね。ホントにごめん」と何度もあやまった。

心の中では「里愛奈《りあな》だって、わたしの絵をひどく言ったくせに」と思いつつ。

「ちがうよ。そうじゃないの」

里愛奈《りあな》が口をとがらせた。ため息をついて、上目づかいでわたしを見て言う。

「海斗《かいと》のこと、どう思ってるの？」

「えっ？」

「香菜《かな》は海斗《かいと》のこと、好き？」

「好きって……」

「本気かどうかってこと」

真剣《しんけん》な表情の里愛奈《りあな》。

肩《かた》にかけたスクールバッグの肩《かた》ひもをにぎる手が白くなっている。

「どうして、そんなこと聞くの？」

「わたし、海斗《かいと》のこと、本当に好きになったみたい。もしかしたら、香菜《かな》もそうかなって思って」

「えっ……」

わたしは戸惑《とまど》った。

里愛奈《りあな》がわたしに答えを求めてきたことに。

それ以上に、わたしの心を見すかしていたことに動揺《どうよう》した。

わたしはアハッと笑って肩《かた》をすくめた。

「ううん、好きじゃないよ。あ、友だちとしては好きだけど」

「そう」

里愛奈《りあな》はほっとしたように肩《かた》ひもを持つ手をゆるめた。

「おなかすいたぁ。でも、今日からダイエットしなくちゃ」
うきたつ里愛奈《りあな》の横で、わたしはなんとか笑顔をキープした。

その夜、お風呂《ふろ》から上がったら、里愛奈《りあな》からSNSでメッセージが届《とど》いていた。
《今度の週末、海斗《かいと》と遊園地でデートwww》
「うそ……」
一瞬《いっしゅん》にして湯冷《ゆざ》めした感じ。
里愛奈《りあな》がこんなにすばやく行動に移すとは、思いもよらなかった。
力こぶをつくったネコのスタンプを見つめながら、わたしは心に誓《ちか》った。
(海斗《かいと》への思いは、心の中にしまっておこう)
三人の関係を守るために。
里愛奈《りあな》との友情を守るために……。

2 親友がクラスで孤立《こりつ》したら?

「それでね、ごはんを食べてるとき、肩《かた》に葉っぱが落ちてきて、海斗《かいと》が手で払《はら》ってくれたんだけど、そのとき、髪《かみ》の毛《け》も一緒《いっしょ》にさわられて心臓《しんぞう》がバクバクしちゃった」

海斗《かいと》と里愛奈《りあな》が遊園地に行った翌朝《よくあさ》。

里愛奈《りあな》はわたしの机《つくえ》の前のイスにすわって、デートの報告をした。

背《せ》もたれにひじをついて、夢を見るようなまなざしで海斗《かいと》のことを話す里愛奈《りあな》。

話を聞いていると、海斗《かいと》も里愛奈《りあな》のことが好きだったことがわかった。

どこまでも続く里愛奈《りあな》のおしゃべりが苦痛《くつう》だった。ナイフのようにわたしの心をさす。話題をかえても、「それでね」と、海斗《かいと》の話にもどる。わたしは仕方なく笑顔で相《あい》づちを打った。

「おはよっ！」

海斗《かいと》がやってきた。

里愛奈《りあな》が「よっ」と右手を上げる。パチンッと合わさるふたつの手。

いつもの見慣れたあいさつが、今日はちがって見えた。

わたしたちはもう、なかよし三人組じゃない。

「ヤベッ。オレ、英語の宿題やってくるの忘《わす》れた。香菜《かな》、ノート見せて」

海斗《かいと》がわたしのほうにてのひらを見せた。長くて、節くれだった細い指。

生命線と感情線がくっきりときざまれた海斗《かいと》の手から、わたしは目をそらした。

「ダメ」

「え、なんで？　いつも見せてくれるのに」

「英語なら、里愛奈《りあな》にたのみなよ」

「わかったよ。じゃあ里愛奈《りあな》、いい？」

海斗《かいと》が里愛奈《りあな》にたずねると、里愛奈《りあな》はヒマワリみたいな笑顔でうなずいた。

「いいよっ。わたしの席まで来て」

「あ、うん」

「海斗《かいと》ってさあ、部活でいそがしいから、さそってもなかなかオーケーしてくれないんだよね」

そんなぐちをこぼす里愛奈《りあな》のために、わたしはつまらない用事をつくって、休み時間や放課後に二人の前から姿《すがた》を消した。

わたしの気づかいは里愛奈《りあな》もわかっていて、夜になると送られてくるSNSには、今日の海斗《かいと》についての報告のあとに、わたしへの感謝の言葉がそえられていた。

《今日は先に帰ってくれてありがとう》《香菜《かな》、大好き！》《香菜《かな》に好きな人ができたら、ゼッタイ協力するからね》……。

嫉妬《しっと》より悲しみのほうが大きかった。

それから、自分に対する腹立《はらだ》たしい気持ちも。

（わたしって、バカだな）

自分の片思《かたおも》いの相手と楽しい時間をすごせるように、親友を進んで手助けするなんて、お人好《ひとよ》しにもほどがある。でも、ほかにどうしたらいいんだろう。

ただのクラスメートなら放置するけど、里愛奈《りあな》はわたしの大切な友だちだ。

（里愛奈《りあな》が親友じゃなかったらよかったのに）

一瞬《いっしゅん》、そんな考えがよぎって、すぐに打ち消した。

結局、状況《じょうきょう》をかえる方法はひとつしかない。それは海斗《かいと》への思いを封印《ふういん》することだ。

（いつかふっきれるから。今はガマンだよ）

毎晩《まいばん》、暗示をかけるように自分に言い聞かせて、わたしはベッドの中で泣いた。

雨の降《ふ》る午後の美術室。

今日の美術部の課題は、アジサイの水彩画《すいさいが》だった。花びんにさしたピンク色のアジサイを見ながらマーメイド紙に描《か》いていたら、クラスメートの絹川《きぬかわ》さんがやってきた。

「香菜《かな》ちゃん、絵、うまいね」

「ありがとう。どうしたの？」

「ポスターの課題、提出しにきたの」

「じゃあ、先生がもうすぐ来ると思うから、渡《わた》しておこうか」

「ありがとう」

絹川《きぬかわ》さんはまるめた画用紙をわたしに差し出すと、作業中の美術部員をぐるりと見まわして言った。

「榎戸《えのきど》さんは？」

「里愛奈《りあな》なら帰ったよ」

今日はテニス部の練習が中止になったので、里愛奈《りあな》は部活をさぼって海斗《かいと》と一緒《いっしょ》に帰った。

「ふーん。榎戸《えのきど》さんって、海斗《かいと》とつきあってるの？」

「えっ、なんで？」

「だって最近、香菜《かな》ちゃん、あの二人と一緒《いっしょ》にいないでしょ？　前はいつも三人だったのに。今日も榎戸《えのきど》さんと海斗《かいと》の二人でお弁当を食べてたし」

「わたし、用事があったから……」

ふーん、と言いながら絹川《きぬかわ》さんは前髪《まえがみ》をかき上げた。

「じゃあ、ポスターよろしくね」

「うん」

戸口へ向かっていく絹川《きぬかわ》さんの後《うし》ろ姿《すがた》を、わたしはぼんやり見つめた。

（里愛奈《りあな》と海斗《かいと》のこと、気づいてたんだ）

アジサイのあわい色あいと、雨のにおい。

胸《むね》にこみ上げてきた思いを散らすように、わたしは水の入った容器に絵筆を入れて強くかきまぜた。


それから数日後。

放課後の美術室で、里愛奈《りあな》がなにげなく「わたし、絹川《きぬかわ》さんたちに嫌《きら》われてるみたい」とつぶやいた。

「そんなことないよ。どうして?」

「ううん、わかるよ。だって、昨日の体育で、絹川《きぬかわ》さん、わたしにだけひどいトスしてきたもん」

「それは里愛奈《りあな》がバレーボール、苦手《にがて》なだけでしょ」

「そうだけど、それだけじゃない。今日だって、あいさつしてもスルーされたし。化学の実験のプリント、わたしにだけまわさなかった」

「本当？　なんで、絹川《きぬかわ》さんがそんなことを？」

「アレだよ」

里愛奈《りあな》はそう言って絵筆を壁《かべ》に向けた。軍神マルスの石膏像《せっこうぞう》をさして、

「わたしが海斗《かいと》とデートしたから」

「ああ」

絹川《きぬかわ》さんは、海斗《かいと》に思いをよせている一人だ。

だからこの前、わたしにさぐりを入れにきたのだろう。

「ヤバいなあ。クラスでいちばん敵にまわしたくない人にうらまれちゃったよ」

「大丈夫《だいじょうぶ》。わたしがいるから安心して」

「ありがと、香菜《かな》」

里愛奈《りあな》がわたしの肩《かた》にもたれかかった。やわらかい髪《かみ》からシトラスのかおりがただ

よってくる。

ヘコんでいる親友をほうってなんておけない。

たとえ自分の好きな人とつきあっているとしても。

「よしよし。さあ、描《か》きますよ」

わたしは里愛奈《りあな》の頭をポンポンとたたいた。

「よし、やるぞ！」

里愛奈《りあな》はすっくと立ち上がると、絵筆をにぎりしめた。

立ちなおりの早さに感心しつつ、「これが彼氏《かれし》のいる子の強さかも」とヒクツになるわたし。

でも、里愛奈《りあな》はわたしが思っていた以上に心を痛《いた》めていたのかもしれない。

そのことを知ったのは二日後。教えてくれたのは海斗《かいと》だった。

3 親友の好きな人から告白されたら？

里愛奈《りあな》が季節はずれのインフルエンザにかかった。

中庭の花壇《かだん》の縁《ふち》にすわって梅雨の合間の青空をながめながら、「里愛奈《りあな》、大丈夫《だいじょうぶ》かなあ」とわたしはつぶやいた。

海斗《かいと》がお弁当をぱくつきながら、「体よりメンタルだよな」とつぶやく。

「香菜《かな》も知ってるだろ。里愛奈《りあな》が絹川《きぬかわ》たちから無視《むし》されてること」

「ああ、うん」

「里愛奈《りあな》って、ああ見えて繊細《せんさい》なところがあるじゃん？　オレらがいるから平気とは言ってたけど、あいつ、相当こたえてると思う」

「『オレら』じゃなくて、『オレ』でしょ」

わたしがそう言うと、海斗《かいと》は煮卵《にたまご》をくわえたまま、「はっ？」とわたしの顔をのぞきこんだ。

「だって、里愛奈《りあな》とつきあってんでしょ」

「はぁぁぁぁぁ？」

海斗《かいと》が鼻の穴《あな》を広げて、いっそう大きな声で叫《さけ》んだ。

わたしは胸苦《むなぐる》しさを一瞬《いっしゅん》忘《わす》れてふきだした。

「ちょっとやめてよ、その顔」

「こんな顔で悪かったな。でも、オレ、里愛奈《りあな》とつきあってないし」

「えっ？　じゃあ、里愛奈《りあな》のことは……」

「さそわれたから、二人で遊んだりしたけど、やっぱ友だちとしか思えないっていうか……。まっ、そんな感じ」

「ふーん、そうだったんだ」

急に視界《しかい》が明るくなったような気がした。

今日のお弁当は、なんだかとてもおいしい。

海斗《かいと》がわたしのお弁当箱をのぞきこんで言った。

「香菜《かな》の弁当のそれ、なに？」

「春巻《はるま》きだよ。カマボコとシソの葉とクリームチーズを一緒《いっしょ》に、春巻《はるま》きの皮で巻《ま》いて揚《あ》げたの」

「へえ、うまそう。ちょうだい」

「いやです」

わたしはそう言って、最後の春巻《はるま》きを口の中にほうった。

「わ、マジ食った。この女、超冷《ちょう》てぇ」

翌朝《よくあさ》、わたしはお弁当箱にカマボコ春巻《はるま》きをいっぱいにして登校した。

雨が降《ふ》りだしそうだったけど、海斗《かいと》と一緒《いっしょ》に昨日と同じ場所でお弁当を広げた。

「はい、思うぞんぶん食べてよし」

「うぉぉぉ、サンキュッ！　……うんめぇぇぇぇ！　香菜《かな》のお母さん、料理じょうずだな」

「わたしがつくったんだよ」

「えっ、そうなの？　じゃあ、これでやっと中学んとき、調理実習で香菜《かな》が卵焼《たまごや》きを黒こげにした記憶《きおく》が上書きされたわ」

「え～っ、まだ覚えてたの!?　やだぁ」

里愛奈《りあな》が休んでいるあいだ、海斗《かいと》とたくさんしゃべって、たくさん食べて、たくさん笑った。

一緒《いっしょ》にいると、心に封印《ふういん》したはずの海斗《かいと》への思いがよみがえってきた。

そんなわたしに釘《くぎ》をさすように、里愛奈《りあな》から毎日、メッセージが届《とど》いた。

《今日の海斗《かいと》はどんな感じだった？》《海斗《かいと》、わたしのこと、何か言ってた？》《熱、下がらないかなあ。海斗《かいと》に会いたいよう》……

でも、その日のメッセージは、いつもと調子がちがっていた。

《海斗《かいと》がわたしのこと、友だちとしか思えないだって。泣》

わたしはメッセージを打ち返した。

《里愛奈《りあな》、大丈夫《だいじょうぶ》？》

《わたし、かんちがいしてた。バカみたい。……ヤバい、また熱が上がってきた》

《本当に大丈夫《だいじょうぶ》？》

《ごめん。文字打つのつらくなってきた。おやすみ》

クマが泣いているスタンプを最後に、里愛奈《りあな》からのメッセージは途絶《とだ》えた。

「ちょっと海斗《かいと》」

「ん？」

休み時間、わたしは指をくいっと曲げて、無言で海斗《かいと》についてくるように指示した。

雨あがりの屋上で、くるりとまわれ右して海斗《かいと》と向きあう。

わたしは百五十五センチ。海斗《かいと》は推定《すいてい》百七十五センチ。

二十センチ差の海斗《かいと》を仁王立《におうだ》ちして見上げた。

「里愛奈《りあな》に友だちとしか思えないって言ったでしょ。里愛奈《りあな》、すごく傷《きず》ついてたよ」

「『鉄は熱いうちに打て』って言うだろ。誤解《ごかい》は早めに解いたほうがいいと思って」

「そのたとえ、なんかまちがってない？」

「そうかな」

「と・に・か・く。病気で弱ってるときに言わなくてもいいでしょ」

「う〜ん。まあ、そうかもしれないけど」

「遊園地にさそわれたときに、ちゃんとことわればよかったのに。里愛奈《りあな》をその気にさせておいて、今さらひどいよ」

「ごめん。悪かったよ。でも、ことわったら、友だちでいられなくなる気がして」

「まったく、海斗《かいと》は優柔不断《ゆうじゅうふだん》なんだから」

ほおを大きくふくらませながら、わたしは、なんでこんなに怒《おこ》っているんだろう、と思った。

里愛奈《りあな》を守るため？　……ううん。

じゃあ、ギゼン的行為《こうい》？　それもちがう。

たぶん、どうにもならない自分の気持ちにイライラしているんだ。

海斗《かいと》はコンクリートの上の水たまりを見つめた。

頭に手をのせて、ぼそっとつぶやく。

「だって誤解《ごかい》を解いておかないと、香菜《かな》がオレから離《はな》れていくだろ？」

「えっ」
「この際だから言うけど、オレが好きなのは、香菜《かな》なんだよ」

4 親友の好きな人と両思いになれたら？

「オレが好きなのは、香菜《かな》なんだよ」

水たまりに映《うつ》る雲。フェンスをすり抜《ぬ》けて吹《ふ》きつける風。

心臓《しんぞう》がトクンと音を立てる。

わたしは視線《しせん》をさまよわせながら、「いきなりすぎる」とつぶやいた。

「いきなりついでに言うけど、つきあってほしい」

海斗《かいと》の目が軍神マルスの目とかさなった。

兜《かぶと》の下の、うれいをおびた戦いの神様の目……。

(里愛奈《りあな》が描《か》いたマルスのデッサン、あれはやっぱり、海斗《かいと》だったんだ)

里愛奈《りあな》の顔が脳裏《のうり》にうかんで、胸《むね》のときめきがシュンとしぼんだ。

海斗《かいと》はわたしの心を見すかしたように、「今、こたえてくれなくてもいいから」と、その場に言いおいて去っていった。

《毎日、海斗《かいと》のこと考えてる。重たい女だよね》
《里愛奈《りあな》、元気を出して》
《香菜《かな》のおかげでちょっぴり元気になったよ。アイス、二個も食べちゃった》
《よかった！　その調子！》
わたしはＳＮＳで里愛奈《りあな》をはげます一方で、海斗《かいと》のことを思っていた。
朝も昼も夜も、海斗《かいと》からの告白を思い出しては、あまい痛《いた》みで胸《むね》がうずいた。
（どうしたらいいんだろう）
海斗《かいと》のことは好きだ。でも、里愛奈《りあな》のことを思うと、心にブレーキがかかる。
今日も海斗《かいと》が笑いかけてきたとき、あわててそっぽを向いた。

心と行動がちぐはぐで、授業に集中できない。


四日後の午後。

美術室に行くと、教壇《きょうだん》に軍神マルスの石膏像《せっこうぞう》が置かれていた。

「またマルスのデッサンですか？」と美術部の顧問《こもん》にたずねると、「この前は鉛筆《えんぴつ》を使ったけど、今日は木炭で描《か》くよ」と言われた。

わたしは真正面からマルスが見えるポジションにイーゼルを置いた。

マルスをじっと見つめては、慣れない手つきでキメの荒《あら》い画用紙に木炭で線を描《か》く。

突然《とつぜん》、横からぬっと食パンがあらわれた。

ほれ、と先生がわたしに手渡《てわた》す。

「木炭デッサンでは、食パンを消しゴムとして使うんだ。あぁ、耳ははずして、白いところを手でにぎりつぶして紙に押《お》しあてること」

「はい」
再び線を描《か》いた。目もとのカーブを描《か》きながら、昨夜、ＳＮＳでやりとりした里愛《りあ》奈《な》との会話を思い出した。
《月曜日から登校！》
《やったね！》
《早く香菜《かな》に会いたいよ》
《わたしも》
《三人でまた一緒《いっしょ》だよ！》
三人で一緒《いっしょ》。それはそれでうれしい。
でも、里愛奈《りあな》は海斗《かいと》にふられ、わたしは海斗《かいと》の気持ちを知ってしまった。
この状況《じょうきょう》でこれまでと同じようにつきあえるんだろうか。
……ううん、無理。きっと、ギクシャクするはずだ。

テニスコートからボールのはずむ音が聞こえてきた。

その音にさそわれるように、わたしは窓《まど》に近づいた。

「海斗《かいと》……」

小雨が降《ふ》る中、海斗《かいと》が同級生とボールを打ちあっていた。

長いラリー。白いラインに沿《そ》ってダッシュし、ボールを力強く打ち返す海斗《かいと》。

ラリーがやむと、海斗《かいと》は犬のように頭をブルブルッと振《ふ》って、両手で前髪《まえがみ》をかき上げた。空を見上げる海斗《かいと》の、光《ひか》り輝《かがや》くような横顔。その瞬間《しゅんかん》、迷いが消えた。わたしの心は曇《くも》りのない、まっすぐな思いでいっぱいになった。

(海斗《かいと》のこと、好きだ)

背後《はいご》から先生の声が聞こえてくる。

「マルスはハンサムだけど、気まぐれで残忍《ざんにん》な性格だったんだ。古代ギリシャ人からは疫病神《やくびょうがみ》のように思われていた」

（海斗《かいと》も気まぐれだけど、それ以上にいいところがたくさんあるよ）

「マルスが乗っていた四頭立て戦闘《せんとう》馬車の馬たちには、それぞれ名前があってね。『火』『炎《ほのお》』『災難《さいなん》』『恐怖《きょうふ》』。すごいネーミングだろ」

（だから、なに？　どう言われようと、海斗《かいと》のことが好き）

これ以上、自分にウソはつけない。

わたしは美術室を飛びだした。階段《かいだん》をかけ下りて、上履《うわば》きのまま、校舎の裏手《うらて》に向かった。

「海斗《かいと》！」

テニスコートにいた海斗《かいと》がラケットをかまえたまま振《ふ》り返《かえ》った。

海斗《かいと》は対戦相手に何か言うと、こちらに向かって走ってきた。

「なに？」

首をかしげる海斗《かいと》に、わたしは思いのたけをぶつけた。

「わたしも海斗《かいと》が好きっ！　大、大、大好き！　かも」

海斗《かいと》は目を大きく開いた。かたまった表情がじわりとくずれていく。

「オレも香菜《かな》のこと、大、大、大好き。かもね」

笑いがこみ上げてきた。

笑いながら、心が広がっていく。

海斗《かいと》がわたしの手もとを見た。

「そのパンは、なに？」

「ああ、これは消しゴム」

「はっ？」

「話が長くなるからまたあとで」

「わかった。今日、一緒《いっしょ》に帰ろう」

「うん」

週が明けて、里愛奈《りあな》が学校に来た。

ひさしぶりに見る里愛奈《りあな》は、ほおの肉が落ちてやつれていた。でも、本人は「いいダイエットになったよ」と笑ってピースサイン。インフルエンザのウイルスと一緒《いっしょ》に、海斗《かいと》への気持ちもどこかへ吹《ふ》きとんだみたいだった。

わたしたちは、また三人で一緒《いっしょ》にすごすようになった。

里愛奈《りあな》には、わたしと海斗《かいと》がつきあっていることを秘密《ひみつ》にしておいた。

学校では二人きりになるチャンスがないので、夜になってから、電話かSNSで海《かい》斗《と》としゃべった。

一学期の終業式の日、美術室の大掃除《おおそうじ》を終えて学校を出ると、里愛奈《りあな》が突然《とつぜん》、わたしにこう言った。

「香菜《かな》、海斗《かいと》とつきあってるんでしょ」

「ううん」

「かくさなくても顔に書いてあるよ」

「………」

「絹川《きぬかわ》さんたちも知ってる。だから香菜《かな》に対して冷たいんだよ」

そのことは気づいていた。でも、気にしないようにしていた。

なぜなら、海斗《かいと》のようにモテる男の子とつきあうと、リスクもついてまわることを、わたしは里愛奈《りあな》から学んでいたから。

それよりも、里愛奈《りあな》にバレてしまったことがショックだった。

「里愛奈《りあな》、ごめんね」

「あやまらなくていいよ。わたし、香菜《かな》のこと応援《おうえん》する。だって、ヘコんでたとき、そばにいてくれたのは香菜《かな》だもん」

「里愛奈《りあな》……」

「コラ、泣くな」

里愛奈《りあな》が腰《こし》をどーんと振《ふ》って、わたしの横腹《よこばら》にぶつかってきた。

(里愛奈《りあな》が親友でよかった)

心強い親友の言葉に、勇気がわいてきた。

「もう海斗《かいと》とデートした？」

「うん」

「どこに行ったの？　教えて」

「フフフ、えーとね……」

振《ふ》り返《かえ》ると、わたしはこのときの里愛奈《りあな》の言葉にあまえすぎてしまったのかもしれない。

その結果、今思い返しても胸苦《むなぐる》しくなるような事態にみまわれてしまったのだ。

5　彼氏《かれし》との毎日が楽しすぎたら？

夏休み――。

わたしは午前中から昼まで里愛奈《りあな》と塾《じゅく》の夏期講習に行って、午後は部活を終えた海《かい》斗《と》とデートした。

塾《じゅく》はだるいけど、来年は大学受験だから仕方ない。

朝、塾《じゅく》の教室に入ると里愛奈《りあな》が待っていた。

「おはよ！　昨日、海斗《かいと》とプールに行ったんでしょ。どうだった？」

わたしは席に着きながら、「うん、普通《ふつう》に楽しかったよ」とひかえめにこたえた。

「たとえば？」

「う～ん、笑えたのは海斗《かいと》のシンクロナイズドスイミングかな。水が流れるプールで、こうやって鼻をつまみながら演技のまねしてた。アホでしょ？　それから、海斗《かいと》と一《いっ》緒《しょ》にウォータースライダーやって……」

しゃべっているうちに、だんだん楽しくなってきた。

口からどんどん海斗《かいと》ネタがあふれてくる。

昨日のことを話したついでに、今日の予定も言った。

「今日は塾《じゅく》が終わったら、海斗《かいと》と上野《うえの》の美術館に行くんだ」

里愛奈《りあな》はリュックからテキストを出していた手を止めた。

「もしかして、この前、わたしと一緒《いっしょ》に行ったところ？」

冷たい視線《しせん》。声もとがっている。

この状況《じょうきょう》、なんて言えばいいんだろう。二人だけの秘密《ひみつ》基地を、わたしが別の子にばらしたみたいな感じ？

わたしはあわてて「う、うん。おもしろかったし、海斗《かいと》に話したら『行きたい』って言うから……。行ってもいいかな」と里愛奈《りあな》の顔色をうかがった。

里愛奈《りあな》は、わたしのことをじっと見つめていたかと思ったら、急に笑顔になって言った。

「アハッ、なんでそんなこと聞くの？　もちろん、いいに決まってるじゃん。でも、あいつにゲージュツがわかるかなぁ」

その日の午後、部活を終えた海斗《かいと》と美術館に行った。

里愛奈《りあな》の心配をよそに、海斗《かいと》は楽しんでいるようすだった。

そのあとゲーセンに行って、二人でプリントシールを撮《と》った。

次の朝、先に塾《じゅく》に着いたわたしは、いつもの教室のいつもの席で里愛奈《りあな》を待った。

里愛奈《りあな》があらわれると、「海斗《かいと》、意外と美術館、楽しんでたよ」と報告した。

「でもね、前から気になってるんだけど、海斗《かいと》って、ほかの女の子を目でチラチラ追うんだよね。海斗《かいと》に言ったら『意識してやってるわけじゃないし、男ならみんなそうだ』って、逆ギレされて。……里愛奈《りあな》はどう思う？」

「さあ」

「リアクション、うすっ！」

「ほかにどう反応すればいいいの？」

里愛奈《りあな》が肩《かた》をすくめてほほえんだ。

授業の準備を始める里愛奈《りあな》の横顔を見つめながら、わたしはむぎゅーと口をとがらせた。

（友だちなのに、それはないんじゃない？）

セミも熱中症《ねっちゅうしょう》になりそうなくらいの猛暑《もうしょ》の昼下がり。

夏期講習を終えたわたしは、駅前の広場にいそいだ。

「海斗《かいと》！」

「おうっ」

今日の海斗《かいと》は、赤いTシャツに黒のカーゴパンツ。

手をつないで繁華街《はんかがい》を歩きながら、「どこ行く?」とわたしはたずねた。

「オレ、今日は金ないからなぁ。公園でも行く?」

「えー、やだぁ。暑いじゃん」

「だよなぁ。……おっ、あのカラオケボックス、飲み物こみで三時間、八百円だって。入る?」

そのとき、耳もとで警報音《けいほうおん》が聞こえたような気がした。

思い返せば、あれはそのあとにおこるトラブルを、本能的に察したのではないかと思う。でも、わたしは暑さから逃《のが》れることで頭がいっぱいだった。

「いいよ。あそこにしよう」

わたしたちはカラオケボックスに行った。

「あー、すずしい！」

「フゥ、生き返った！」

個室に通されるのを待つあいだ、受付前のベンチで海斗《かいと》と指相撲《ゆびずもう》をした。

こんな遊び、ひさしぶりだったけど、バカみたいに盛《も》り上《あ》がった。

「やった、わたしの勝ち！」

声をあげたそのとき、海斗《かいと》の名前が呼《よ》ばれた。

個室に向かおうとしたら、開いた自動ドアから絹川《きぬかわ》さんがあらわれた。

「海斗《かいと》！　来てたの？」

「おー、絹川《きぬかわ》たちもカラオケ？」

「うん」

「オレら、今からだから、一緒《いっしょ》にやろうぜ」

「ラッキー！」

絹川《きぬかわ》さんと二人の友だちは、わたしに軽くあいさつすると、海斗《かいと》のあとについていった。

（ちょっと海斗《かいと》、勝手に決めないでよぉ）

わたしは心の中で文句を言いながら、細い通路を進んだ。

「海斗《かいと》はなに歌う？」

「オレ、一発目はレキジゴンの『ファイヤー』って決めてるんだ」

「じゃ、あたしは『オトメのルール』にしよっと！」

U字型のソファーに、絹川《きぬかわ》さん、海斗《かいと》、絹川《きぬかわ》さんの友だち二人の順にすわった。海斗《かいと》はがっちりサンドイッチ状態だ。わたしはというと、ドアのそばに一人でぽつんといた。

「はい、香菜《かな》」

海斗《かいと》がわたしにタッチパネルを渡《わた》そうとしたら、絹川《きぬかわ》さんが「香菜《かな》ちゃん、ここ飲み物がセルフだから、持ってきてくれる？」と言った。

わたしはみんなのリクエストを聞いて個室を出た。紙コップに五人ぶんの飲み物をそそいでもどってきたら、絹川《きぬかわ》さんが「ありがとう！　はい、これ」とタッチパネルをこちらに差し出した。

適当に歌って、気をまぎらすしかない。

そう思ったわたしは、曲を選んで送信した。

でも、待てど暮《く》らせど、わたしの番はまわってこない。画面には予約曲の長い列。

わたしのいないあいだに、海斗《かいと》と絹川《きぬかわ》さんたちがいっぱい予約したらしい。

（なにこれ？　もしかして、はずされてる？）

その後も、絹川《きぬかわ》さんたちは、わたしのことをことごとく無視《むし》した。

海斗《かいと》はおだてられて、熱唱につぐ熱唱。

さらに最悪なのは、絹川《きぬかわ》さんが歌っているときに「香菜《かな》もテンション上げろよ」と海斗《かいと》がわたしにタンバリンをつきだしたこと。

わたしは海斗《かいと》をにらんだ。

(海斗《かいと》、もう帰ろうよ。なんで気づいてくれないの?)

一刻《いっこく》も早くこの場を去りたかった。でも、タイミングがつかめない。

せまい個室に閉《と》じこめられて屈辱的《くつじょくてき》な気分を味わいながら、わたしは里愛奈《りあな》のことを思った。

(そうだ、里愛奈《りあな》に聞いてもらおう)

わたしはリュックからスマホを出した。SNSのアプリを開いて《なぜか海斗《かいと》と絹川《きぬかわ》さんとカラオケ中。助けて!》と里愛奈《りあな》にSOSのメッセージを送った。

すぐに着信音が鳴った。

すがるような気持ちでスマホの画面を見て、こおりついた。

里愛奈《りあな》からのメッセージはこうだった。

《それ本当? それとも自慢《じまん》? 海斗《かいと》に守ってもらえば?》

6 友情と恋愛《れんあい》、どっちをとる？

塾《じゅく》の夏期講習が終わった。

充実《じゅうじつ》した七月とは対照的に、八月は消化試合のような毎日だった。

夏真《ま》っ盛《さか》りだというのに、ぜんぜん楽しくない。食べても食べても減らないかき氷みたいに、今年の夏は永遠に終わらない気がしてきた。

（みんな、なにしてるんだろう）

カラオケボックスでのできごとから、海斗《かいと》への恋心《こいごころ》が一気にさめた。

ほかの女の子を目で追うところとか、しゃべっていても上の空だったりするところとか、海斗《かいと》の暗黒面《あんこくめん》があらわになって、顔も見たくなくなった。

そんなわたしの気持ちに海斗《かいと》も気づいていたのだろう。

別れ話を切りだしたら、海斗《かいと》は言った。

「オレたち、やっぱ友だちでいたほうがよかったな」

（わたしたち、友だちにもどれるかな……）

あの日以来、里愛奈《りあな》と連絡《れんらく》をとっていなかった。里愛奈《りあな》からもない。

海斗《かいと》と別れ、里愛奈《りあな》とは仲たがい。そして、わたしは一人ぼっち。

（三人ですごすこと、もう一生ないのかも）

最高と最悪をいっぺんに体験した高校二年生の夏休み。

わたしは孤独《こどく》のまま、新学期を迎《むか》えた。


始業式の日の放課後、わたしは日誌《にっし》を職員室に届《とど》けてから美術室に向かった。

引き戸を開けると、里愛奈《りあな》が木炭デッサンをしていた。

「里愛奈《りあな》……」

里愛奈《りあな》が振《ふ》り返《かえ》った。食パンを左手でにぎりつぶしながら、わたしを見る。

視線《しせん》をはずして準備室に行こうとしたら、「この前はゴメンね」と里愛奈《りあな》の声がした。

「あのメッセージのこと……。怒《おこ》ってるんでしょ」

「ううん」

「わたし、海斗《かいと》をとられて本当はつらかった。香菜《かな》を応援《おうえん》しようと思う気持ちと、イライラする気持ちがぶつかって、どうしたらいいか、わからなくなった。そのうち、香菜《かな》がわたしにいじわるしてるんじゃないかって思うようになって……」

「わたし、そんなつもりは……」

「うん、わかってる。だから、ごめんね。もう、わたしに気をつかわないでいいから。海斗《かいと》と仲よくしていいよ」

弱々しくほほえむ里愛奈《りあな》に、わたしは近づいた。

「わたし、海斗《かいと》と別れたんだ」

「えっ？」

「わたしも里愛奈《りあな》が海斗《かいと》と遊園地デートしたとき、すごくつらかった。里愛奈《りあな》から海《かい》斗《と》の話を聞くたびに胸《むね》が苦しくなった。だから、海斗《かいと》とつきあうことになって、調子にのっちゃったの。里愛奈《りあな》に対しても、海斗《かいと》への気持ちがふっきれたものだと勝手に思いこんで、それで、海斗《かいと》のことをペラペラと……。デリカシーないよね。あやまるのはわたしのほうだよ」

ゴメンね、とわたしは床《ゆか》を見つめて言った。

「香菜《かな》……。わたしこそ、ゴメン」

「ううん、こっちこそ」

「いや、悪いのはこっちだってば」

「ううん、こっちだよ」

そのとき、テニスボールのはずむ音が聞こえてきた。

一瞬《いっしゅん》、わたしと里愛奈《りあな》のあいだに緊張《きんちょう》が走る。

わたしは無言のまま、窓辺《まどべ》に近づいた。

窓《まど》から顔を出すと、テニスコートに海斗《かいと》がいた。ボールを追いかける海斗《かいと》を、女子部員たちが胸《むね》にラケットを押《お》しあてて見つめている。

「みんな、目がハート。海斗《かいと》って、本当に人気者だね」と里愛奈《りあな》。

「学校一のイケメンだもんね、マルス似の」とわたし。

わたしたちは振《ふ》り返《かえ》って、棚《たな》の上の軍神マルスの石膏像《せっこうぞう》を見た。

「……だね。やっぱ似てる」

わたし。里愛奈《りあな》。海斗《かいと》。

わたしたちの関係は、二等辺三角形みたいだ。

長さの等しい辺がわたしと里愛奈《りあな》で、もうひとつの辺が海斗《かいと》。どちらかが海斗《かいと》に近づこうとすると、バランスがくずれて二等辺三角形ではなくなる。

それでも、わたしたちは海斗《かいと》に接近した。

石膏像《せっこうぞう》みたいな観賞用の男の子に、果敢《かかん》にも恋《こい》をした。

「海斗《かいと》って、ゼッタイに自分のこと、カッコイイと思ってるよね」

「うん、超《ちょう》ナルシストだよね」

「それから女好きで鈍感《どんかん》」

「しかも足くさいし」

「そうそう！　海斗《かいと》の靴下《くつした》、メッチャくさかった！」

わたしと里愛奈《りあな》は、笑いとばすことで失恋《しつれん》の痛《いた》みをわかちあった。

笑い声が下まで聞こえたのか、海斗《かいと》がこちらを見上げた。

テニスコートから離《はな》れて、わたしたちの真下にやってくる。

「おー、なにしてんだ？」

里愛奈《りあな》がデッサン用のまるめた食パンを海斗《かいと》に向かって投げた。

「ほら、エサだぞ！」

「わっ、なにすんだよ」

「くやしかったら、ここまで打ち返してみな」

「わっ、わわっ！　やめろよ！　おまえら、オレの靴下《くつした》のにおい、かがせるぞ！」

海斗《かいと》に向かって、「サイテー！」とわたしは叫《さけ》んだ。

「里愛奈《りあな》、パンがもったいないよ」

「そだね。さ、描《か》こっ」

里愛奈《りあな》はそう言って窓《まど》を閉《し》めた。

＊エピローグ

「香菜《かな》！」

オレンジ色の空がバイオレットにかわるころ、ようやく里愛奈《りあな》がやってきた。

ゆるいパーマをかけた長い髪《かみ》に、白いノースリーブのブラウスとジーンズ姿《すがた》。

黒いポートフォリオケースを片手《かたて》に、里愛奈《りあな》がこちらに近づいてきた。

「ひさしぶりぃ。香菜《かな》、髪《かみ》切ったの？」

「うん。思いきってベリーショートにしてみた」

「かわいい～。似合ってるよ」

里愛奈《りあな》と会うのは、高校の卒業式以来だった。

わたしは大学生。里愛奈《りあな》はデザインの専門学校《せんもんがっこう》に通っている。

「毎日、デザインの課題があって、提出しないと卒業させてくれないんだ。うちの学校、けっこう厳《きび》しいんだよね」

「わたしも九月にイタリアに旅行するから、その旅費稼《かせ》ぎで大変。バイトのシフト、いっぱい入れてるんだ」

「イタリアかぁ。いいな」

里愛奈《りあな》はイスに腰《こし》をかけると、足もとのカゴにリュックとポートフォリオケースを入れた。

「そうそう。さっきまで、隣《となり》のテーブルに高校生の女の子たちがいたんだ。同じ男の子を好きになったみたいで、思わず聞き耳を立てちゃった」

「それって、昔のわたしたちじゃない？」

「そう！」

わたしたちは笑った。里愛奈《りあな》がテーブルにひじをついてつぶやく。

「海斗《かいと》、どうしてるかな」

いろいろあったあとも、わたしたちは三人でつるんでいた。

三年生になってクラスがバラバラになると、海斗《かいと》とは疎遠《そえん》になった。

結局、切れずに続いているのは、わたしと里愛奈《りあな》の関係だけ。

恋《こい》より友情のほうが断然長持ちする。

わたしは里愛奈《りあな》に言った。

「がんばって、浪人生《ろうにんせい》やってるんじゃない？」

「きっと予備校でもモテモテだろうね」

「あいつのことだから、勉強より恋愛《れんあい》に集中してそう」

「ところで、香菜《かな》は彼氏《かれし》とうまくいってるの？」

「うん、順調だよ。イタリアもカズ君と一緒《いっしょ》に行くんだ」

「へえ、いいなぁ」

「里愛奈《りあな》はどうなの？　同じ学校の子とつきあってるんでしょ」

「ううん、もう別れた。今は別の人とつきあってるんだ」

「えっ、そうだったの？　どんな人？」

「あそこにいるよ」

里愛奈《りあな》がカフェの男性スタッフを指さした。

「えっ、あの人が!?」

男性スタッフはわたしたちの視線《しせん》に気づくと、こちらにやってきた。

里愛奈《りあな》が「シン君だよ」とわたしに紹介《しょうかい》した。

「どうも、桑野《くわの》シンです。香菜《かな》ちゃんのこと、里愛奈《りあな》からいろいろ聞いてます。絵を描《か》くのがうまいとか、いろいろと」

そう言ってわたしのノートに視線《しせん》を向けた。

「もしかして、それでこの席に案内してくれたんですか？」

「はい」

「そうだったのかぁ……」

親しげな笑顔を見せてくれたのも、この席に案内してくれたのも、わたしが里愛奈《りあな》の親友とわかっていたからだったんだ。

「里愛奈《りあな》は何にする？」

「えーと、トロピカルアイスティーで」

「了解《りょうかい》」

里愛奈《りあな》とシン君がかわす視線《しせん》にはやさしさがあふれていて、幸せな気持ちになった。

店内にもどっていくシン君の後《うし》ろ姿《すがた》を見つめながら、「まさか、あの人が里愛奈《りあな》の彼氏《かれし》だったとは衝撃《しょうげき》」とわたしは言った。

「ステキな人だなって、内心思ってたんだ」

「本当!?」

「わたしたちって、相変わらず好みがカブるよね」

「アハハハハ！」

わたしたちはこれからも恋《こい》をするだろう。

傷《きず》ついたり、怒《おこ》ったり、眠《ねむ》れない夜をすごす日もあるだろう。

そんなときに支えてくれるかけがえのない親友を得られたのは、高校時代、恋《こい》の悩《なや》みを一緒《いっしょ》に乗《の》り越《こ》えて、絆《きずな》を深めたからだ。

バイオレットからプルシアンブルーへ色をかえていく空の下、わたしと里愛奈《りあな》は時間を忘《わす》れてしゃべり続けた。

解説

心理学者　晴香葉子

◎同じ人を好きになってしまうことはある

十代の頃《ころ》は、友だち（特に親友）同士で同じ人を好きになってしまうということが起こりがちです。その理由は主に三つあります。

①学校やクラブ活動など、限られたコミュニティの中で好きな人ができやすいので、どうしてもかさなりやすい。

②趣味《しゅみ》や好みが合う人同士で友だちになっていることが多く、好きになるタイプの傾向《けいこう》も一《いっ》致《ち》しやすい。

③成長段階《だんかい》にあり、自分の判断基準や価値観《かちかん》がまだ完成していないので、人気者を好きになりやすい。

「同じ人を好きになってしまうことはある」、まずはそのことを知っておくことが大事です。

そして、そのようなことが起こりそうになったら、すぐに友だちに伝えましょう。

「もしかしたら○○君のこと好き？　かっこいいよね。同じ人を好きになることもあるよね」

このように、「自然なこと」「あり得ること」として、明るくサラッと伝えてみてください。トラブルに発展《はってん》するリスクが低減します。

◎恋愛《れんあい》感情はコントロールがむずかしいが、すぐに終わる

「友だちが大事」と、頭ではわかっていても、恋《こい》をすると好きな気持ちを止めるのはむずかしいものです。急に恋愛《れんあい》ホルモンが分泌《ぶんぴつ》し、勝手に心がときめき、夢中になってしまうので、いつものような冷静な判断や行動ができなくなってしまうのです。

コントロールがむずかしい恋愛《れんあい》感情ですが、「強いときめき感情はさほど長続きしない」という大きな特徴《とくちょう》があります。本作でも、最初は強く抱《いだ》いていた海斗《かいと》への気持ちが、やがてさめていくようすが描《えが》かれていますが、強いときめきを生む恋愛《れんあい》ホルモンは、次第に低下していくことがわかっています。関係を深めるためには、お互《たが》いに強い関心を抱《いだ》く必要があり、最初は強烈《きょうれつ》にひかれあいますが、ずっとそのままでは生活に支障《ししょう》が出るので、次第におだやかで特別な信頼《しんらい》関係へと変化していくようになっているのです。

同じ人を好きになっても、その強いときめきが長続きするとは限りませんし、その人が、おだやかで特別な信頼《しんらい》関係を築ける生涯《しょうがい》のパートナーになるとも限りません。途中《とちゅう》でがっかりしたり、気持ちがさめたりする可能性は高いのです。同じ人を好きになってしまったら、しばらくようすをみるのもよい方法です。恋愛《れんあい》感情はとても変化しやすく、〝最後の恋《こい》以外は全部終わる〟のです。大人になったときに、「あのとき、同じ人を好きになってあせったよね」と、思い出話にできるくらい、いくつか恋《こい》も経験しながら、友情を深めていきましょう。

運命の恋《こい》

宮下恵茉

1　十七歳《さい》の夏

長かった期末試験が、今日、終わった。

そして今、わたし、山崎《やまさき》あゆなは、ファッションビルの片隅《かたすみ》にある試着室の前に立っている。

夏休みになったら、大学生の彼氏《かれし》と海に行くという親友の吉田瞳《よしだひとみ》が、水着を選びたいと言いだしたので、それにつきあっているのだ。

「ねえ〜、まだあ？」

スマホをいじりながら声をかけると、いきなりカーテンが開いた。

「じゃあ〜ん！　あゆな、これどう？」

にっこり笑う瞳《ひとみ》を見て、わたしは絶句した。

「……それに、するわけ？」

「ダメ？」

「ダメ、じゃないけどさあ」

今、瞳《ひとみ》が身に着けているのは、ものすごく面積の小さい真っ白なビキニ。

日焼けしたスレンダーな瞳《ひとみ》にはとっても似合っているけれど、この姿《すがた》で人前に立つのは、かなり勇気がいりそう。わたしだったら絶対ムリ。

「かなり、ダイタンだね」

言葉を選んでそう言うと、瞳《ひとみ》は白い歯を見せてにたりと笑った。

「だって、高二の夏だよ？　これくらい、やっとかなきゃ」

そう言うと、シャッとカーテンを閉《し》めた。

（……確かに、そうかも）

その言葉に、妙《みょう》に納得《なっとく》する。

来年は、わたしたちも受験生。夏休みになっても遊んでなんていられない。とすれば、女子高生のあいだに思いっきり遊べるのは、今年の夏が最後だ。それも、女子同士で遊ぶだけじゃ物たりない。やっぱり、彼氏《かれし》とデートしなきゃ！

（……でも、わたしにはそんな彼氏《かれし》、いないんだよなあ）

はあーっと息をはいて、スマホの画面に目を落とす。

瞳《ひとみ》はもちろん、彼氏《かれし》がいる子たちは、ＳＮＳによく画像を投稿《とうこう》する。二人で食べたスイーツとか、おでかけ先の景色とか。

とっても幸せそうで、見ていてホントにうらやましい！

会計をすませたあと、瞳《ひとみ》と二人で駅に向かって歩きだす。ムワッとした熱気につつまれ、額に汗《あせ》がにじむ。

「あ〜あ、いいなあ、瞳《ひとみ》は。ヒロくんみたいな彼氏《かれし》がいて」

「えへへ。まあね」

瞳《ひとみ》は否定《ひてい》することもなく、うれしそうに笑った。瞳《ひとみ》のいいところは、こういうところ。変にわたしに気をつかわないぶん、すがすがしい。

瞳《ひとみ》がヒロくんとつきあいだしたのは、高一のクリスマス前。

バイト先の先輩《せんぱい》だったヒロくんに、瞳《ひとみ》から告白したんだそうだ。

ヒロくんとは何度か会わせてもらったことがあるけど、背《せ》が高くて、有名私大《しだい》に通っていて、おまけにフットサルをしているイケメンだ。つい最近、バイト代で車を買ったそうで、夏休みにはその車で海につれていってもらうらしい。

「クラスでもさあ、半分くらいの子が彼氏《かれし》いるじゃん。わたしだけ、彼氏《かれし》いない歴を更新《こうしん》し続けたらどうしよう」

暗い気持ちでそう言うと、瞳《ひとみ》は「まさかあ」と笑いとばした。

「あゆなはかわいいし、性格もいいし、スタイルだっていいんだから、彼氏《かれし》なんてすぐできるって。今はまだ、『運命の人』に出会ってないだけだよ」

(『運命の人』かあ……)

足を止めて、地下街を行きかう人たちを見る。ちょうど試験期間だからだろうか、制服デートをしている子たちが、やけに目につく。みんな、とっても楽しそう。

(あ~、わたしも『運命の恋《こい》』、してみたい！　十七歳《さい》の夏を、満喫《まんきつ》したいよお~っ！)

「ちょっと、あゆなったら、何してんの。ほら、行くよ」

瞳《ひとみ》に手を引っぱられ、わたしはとぼとぼ駅へと向かった。

「ねえ~、お願い！　夏休みだけでいいから、バイトしてもいいでしょ？　じゃないと、ヒマなんだもん！　瞳《ひとみ》だってやってるし、ほかにもやってる子、いっぱいいるんだよ？　それにほら、社会勉強にもなるし」

一生懸命《いっしょうけんめい》に訴《うった》えてみたけど、ママはさめた目つきでわたしを見て、「ダメ」とあっさり却下《きゃっか》した。

「だいたい、学校では禁止されてるでしょ？　だから、入学してすぐ、何か部活に入りなさいって、あれだけ言ったのに」

アイロンをかけながら、ママはぶつぶつ文句を言いだした。

「だって、どの部活に入ろうか迷ってるあいだに入部届《にゅうぶとどけ》け期間がすぎちゃってたんだもん」

わたしも口をとがらせて言い返す。

「ともかく、ヒマなら家の手伝いをしてちょうだい。ママ、パートでいそがしいんだから。……あ、そうだ」

ママは突然《とつぜん》、アイロンのスイッチを切って、いそいそとキッチンへ向かった。そして、すぐにもどってくると、わたしの目の前に一枚《まい》の紙をつきだした。

「そんなにヒマなら、これに行きなさい」

ママに渡《わた》されたプリントに目を落とす。それは、お盆《ぼん》までの三週間、ほぼ毎日ある高校二年生限定の夏期講習の広告だった。

「げーっ、これ、遠峯塾《とおみねじゅく》のじゃん！」

『遠峯塾《とおみねじゅく》』というのは、わたしが中学時代に通っていた塾《じゅく》だ。じつは、わたしは第一志望だった公立の桜ケ台《さくらがだい》高校に落ち、すべり止めだった今の私立《しりつ》女子校に進学した。

もちろん、不合格になったのはわたしの力不足が原因なんだけど、なんとなく遠峯塾《とおみねじゅく》には苦《にが》い思い出があるのだ。

「あんまり、行きたくない」

わたしが言うと、ママはすぐに反論《はんろん》してきた。

「高校受験はスタートが遅《おそ》かったからよ。早めに努力したら、今度こそ第一志望の大学に行けるかもよ？」

「……まあ、確かにそうかもしれないけど」

そうこたえたら、ママはわたしが納得《なっとく》したと思ったようで、にっこりうなずいた。

「じゃあこれ、申しこんでおくね。あっ、講習がない日は、家の手伝いしなさいよ」

「えっ、わたし、まだ行くって言ってないんだけど！」

文句を言っても、ママはにこにこ笑ったまま、アイロンをかけ始めた。

（うそ〜）

まわりの友だちが、彼氏《かれし》だとか、バイトだとかで、高二の夏をエンジョイしようとしているのに、なんで、わたしは夏期講習なわけ？

（あー、もう最悪だ）

わたしはばたりとソファーに倒《たお》れこんだ。

2　運命の出会い

夏休み初日、わたしは夏期講習を受けるために、仕方なく家を出た。塾《じゅく》に着くと、中学時代に担当《たんとう》してくれていた先生たちが、「よう、ひさしぶり」と声をかけてきたけど、おじさんたちに歓迎《かんげい》されても、全然うれしくない。

（あ〜、だれか知ってる子、いないかな）

席に着いて、まわりを見まわす。同じ中学だった子が数人いたけど、あんまりしゃべったことがない子ばっかり。あとは知らない子だ。

（つまんない）

そう思ってふうっと息をはいたら、一人の男子が教室に入ってきた。なにげなく目で追って、「あっ」と声を出す。

(あれ、佐藤友哉《さとうともや》くんだ……!)

佐藤《さとう》くんは中学が同じで、塾《じゅく》も一緒《いっしょ》だった。特別カッコいいわけでもないし、目立っていたわけでもない。クラスが一緒《いっしょ》になったこともないし、話をしたこともなかった。

なのになぜ、わたしが佐藤《さとう》くんのことを知っているかというと、このあいだの試験期間中、図書館で勉強をしていたときに、何度も見かけたから。そのときは、どこかで見たことがある子だなあくらいにしか思っていなかった。

だけどそのあと、隣町《となりまち》にある文房具専門店《ぶんぼうぐせんもんてん》に行ったとき、また佐藤《さとう》くんの姿《すがた》を見かけた。その店はあまり有名ではないんだけど、このあたりではかなりマニアックな品ぞろえで、海外の文房具《ぶんぼうぐ》が大好きなわたしはたまにのぞきにいく。それなのに、男子でこの店を知ってるなんてと、ちょっと気になっていたのだ。

(ふうん、佐藤《さとう》くんも、夏期講習に通うんだ)

気づかれないように、目で追う。佐藤《さとう》くんは、わたしが落ちた桜ケ台《さくらがだい》高校の制服を着ている。

（ということは、頭がいいんだな）

そんなことを思いながら、なにげなく見ていたら、佐藤《さとう》くんがかばんから取りだしたペンケースに、目が釘《くぎ》づけになった。

（わたしのペンケースと色ちがい！）

バチンと佐藤《さとう》くんと目が合い、あわてて前を向く。ドイツ製のかなりレアなペンケースなのに、同じものを持っている人なんて、はじめて見た。

（佐藤《さとう》くんって、わたしと趣味《しゅみ》が合うのかな）

先生が教室に入ってきて、授業が始まった。だけど、わたしはずっとドキドキしたままで、あまり授業に身が入らなかった。

（は～、疲《つか》れたあ）

げっそりして、コンビニのドアを押《お》す。夏期講習一日目、無事終了《しゅうりょう》。午後二時から七時まで、ほぼぶっ通しで授業を受けていたせいで、なんだか目の奥《おく》がチカチカする。

（コンビニスイーツでも食べて、栄養補給《ほきゅう》しなくっちゃ）

そう思って棚《たな》をのぞいたら、最近お気に入りの『スティックチーズケーキ・ティラミス風』は売り切れていた。

（え～、マジでぇ～？）

がっくりうなだれていたら、わたしの前をだれかが横切った。その手には、『スティックチーズケーキ・ティラミス風』がにぎられている。

「あっ！」

思わず声を出してしまったら、その人物は、戸惑《とまど》ったようすで振《ふ》り返《かえ》った。

（……さ、佐藤《さとう》くん！）

「ち、ちがうの。ごめんね。わたし、そのケーキ買おうと思ってて、それでえーっと」

しどろもどろでこたえたら、佐藤《さとう》くんはにこっとほほえんだ。

「じゃあ、半分こ、しよっか」


その日をきっかけに、わたしは佐藤《さとう》くんと話をするようになった。知れば知るほど、佐藤《さとう》くんとわたしは趣味《しゅみ》が合う。外国の文房具《ぶんぼうぐ》が好きなことも、コンビニスイーツが好きなことも、だれも知らないような地域《ちいき》限定のゆるキャラが好きなことも。

塾《じゅく》が終わったあと、二人でコンビニに立ちより、スイーツを買いこむ。そのまま近所の公園によって、ベンチにすわっておしゃべり。このところの定番スタイルだ。

「ねえねえ、これ、はじめて食べるよね。おいしいかな?」

ベンチにすわるなり、発売されたばかりの新作スイーツをさっそく食べようとしたら、佐藤《さとう》くんがいきなりわたしの目の前に小さな袋《ふくろ》をつきだした。

「このあいだ、ほしいって言ってたから」

(えっ、なんだろう?)

不思議に思いながらつつみを開けると、中には前にネットで見つけて、ほしいって話していた、ブキミなゆるキャラのキーホルダーが入っていた。

「わあ、これ、もらっていいの? ありがとう!」

わたしが言うと、佐藤《さとう》くんは顔を赤らめてうなずいた。

耳まで真っ赤になっている佐藤《さとう》くんの横顔を見つめる。話をするようになってすぐ、通話アプリのIDを聞いたら、使ったことがないからって登録のやり方を聞いてきた。いろんな画像とか情報をゲットできるよって、SNSも教えてあげたら、ネットにはうといんだよなあって、はずかしそうにしていた。そういう不器用な感じも好感度大。

細身で色が白く、薄《うす》い一重まぶた。

瞳《ひとみ》の彼氏《かれし》にくらべたら地味《じみ》な雰囲気《ふんいき》だけど、頭もいいし、やさしいし、何よりまじめで誠実《せいじつ》そうなところがいい。それにいろんな偶然《ぐうぜん》が、わたしたちを引きよせてくれたみたいで、運命を感じる。

(もしかして、佐藤《さとう》くんがわたしの『運命の人』なのかも)

そんなことを心の中で思っていたら、佐藤《さとう》くんが不意に顔を上げた。

「これ、俺《おれ》とおそろいなんだ」

「えっ」

(……それって、どういう意味?)

キーホルダーをにぎりしめた指先が熱くなる。

「俺《おれ》と、つきあってくれる?」

佐藤《さとう》くんが、真剣《しんけん》なまなざしでわたしを見つめる。

わたしは両手でキーホルダーをにぎりしめ、こくんとうなずいた。

3 プールでデート

「ねえ、友哉《ともや》、撮《と》って」

わたしがスマホを渡《わた》すと、友哉《ともや》はあきれたように笑った。

「また、SNSにアップするわけ?」

「顔出ししないから、いいじゃーん」

つきあいだしてから、わたしは佐藤《さとう》くんのことを「友哉《ともや》」って呼《よ》ぶようになった。

友哉《ともや》もわたしのことを「あゆな」って呼《よ》ぶ。

たったそれだけのことなのに、一気に二人の距離《きょり》がちぢまったみたい。

「ほら、早く」

わたしは、手に持ったドーナツの穴《あな》から、目だけをのぞかせた。

カシャッ。

友哉《ともや》からスマホを受け取ると、

『二人で新作ドーナツ試食中♪』

そう入力して、送信ボタンを押《お》す。

夏休みに入ってから、わたしは毎日のようにＳＮＳに画像をアップするようになった。ここ最近の書きこみをスクロールしてみる。

講習のあと、一緒《いっしょ》に食べたかき氷。

公園のブランコから見た大きな夕日。

われながら、なかなか充実《じゅうじつ》した『十七歳《さい》の夏』を送れているようで、ちょっと……

ううん、かなりウレシイ。


「『運命の人』が見つかったみたいで、よかったじゃん」

電話の向こうで、瞳《ひとみ》が言う。

「えへへ。じつはね、ずっと一緒《いっしょ》にいようねって言われてるんだあ」

きゃーっと叫《さけ》んで、ベッドの上で足をばたつかせる。

このあいだ、友哉《ともや》に言われた。夏期講習が終わっても、ずっとこの塾《じゅく》に通ってほしいって。そして、ゆくゆくは一緒《いっしょ》の大学に行こうねって。

正直、わたしの頭じゃ、友哉《ともや》がめざしている大学なんて、逆立ちしたって無理だと思うけど、そう言ってくれた気持ちがうれしくて、わたしはうんとうなずいた。だって、ずっと一緒《いっしょ》にいたいだなんて、こんな幸せなことってない。

「ねえねえ、じゃあさ、もうキスした？」

瞳《ひとみ》の言葉に、かあっと顔が熱くなる。

「そんなあ。まだつきあって一か月もたってないんだよ？」

「なに言ってんのよ。好きなら当然でしょ」

「そうかもしれないけどさ」

大学生のヒロくんとなら、当然なのかもしれないけど、高校生のわたしたちにとってはそんなの、まだまだ先のことだ。

すると、瞳《ひとみ》が声を落とした。

「えへへ。ナイショだよ？　わたし、このあいだ、海に行ったじゃん？　あのビキニ着ていったらさあ～」

「え？　なんなの？」

ベッドから起き上がって、身を乗りだす。

「だから、ほら。ヒロくんとさあ～」

「ええええ、もしかして……!?」

受話器からはじけるような笑い声が聞こえる。

「そうなの！　やっとホントの恋人《こいびと》になれたって感じ！」

「……そうなんだあ～」

ため息まじりにスマホをにぎりなおす。

（すごいなあ、瞳《ひとみ》は）

いつでもわたしの一歩も二歩も先を行ってる感じ。

「あゆなも友哉《ともや》くん、さそっちゃいなよ。あのビキニ、貸してあげるからさ」

「え～っ！　そんなの、無理だよ。瞳《ひとみ》たちみたいにドライブなんてできないし」

「じゃあ、プールでいいじゃん。電車で行けるよ？」

「そうだけどさあ」

わたしがしぶっていると、瞳《ひとみ》が小声でつけたした。

「男の子は、もしもことわられたらどうしようって思って、なかなか自分からいけないんだって。ヒロくん、言ってたよ」

（なるほど、そういうものか……！）

ごくんとつばを飲みこむ。瞳《ひとみ》たちみたいに最後まで、とはさすがに思わないけど、せめてこの夏のあいだにキスくらいはしてみたい。電話を切って、スケジュール帳を開く。来週、一日だけ夏期講習が休みの日がある。

(よおし!)

約束の日は、これ以上ないくらいの青空だった。プールは、すでにたくさんの人でごった返していた。

(ほ、ほんとに大丈夫《だいじょうぶ》かなあ……)

更衣室《こういしつ》にある鏡で、全身を映《うつ》してみる。

(……うわあ、これははずかしいよ)

あわてて羽織《はお》っていたパーカーのファスナーを上げる。

瞳《ひとみ》が着ていたときはそう感じなかったけど、このビキニを着ると、胸《むね》がかなり強調される。日に焼けて細身の瞳《ひとみ》だと、そんなにいやらしい感じがしなかったのに、色白でぽっちゃりしているわたしが着ると、かなりなまなましい。遠目だと、まるで何も身に着けていないように見えそうだ。

（やっぱり、やめとこうかな）

一瞬《いっしゅん》、そう思ったけど、ぶるぶると首を横に振《ふ》った。

（だめだめ！『十七歳《さい》の夏』なんだもん。勇気出さなきゃ！）

「せっかく来たんだから、プール、入ろうよ」

友哉《ともや》に言われて、びくっと肩《かた》をふるわせた。

「う、うん」

ぎこちなく、うなずく。

勇気を出して、プールサイドまで出たものの、やっぱりはずかしくて、わたしはずっとパーカーを着たままますわっていた。友哉《ともや》はそのあいだ、流れるプールを一人で二周したあと、つまらなくなったようですぐにもどってきた。

（そりゃあ、そうだよね）

自分からプールにさそったくせに、ビーチパラソルの下でずっと体育ずわりしてるなんて、そりゃあ友哉《ともや》だっておもしろくないに決まってる。

（……でも）

わたしは思いきって友哉《ともや》に本当のことを言ってみた。

瞳《ひとみ》にアドバイスされて、友哉《ともや》をプールにさそったこと。貸してもらった水着が、思ったよりも大胆《だいたん》だったこと。でも、いざとなったら、やっぱりはずかしいこと。

やさしい友哉《ともや》なら、きっとわかってくれる。そして、こう言ってくれるはず。「無理することないよ」って。

「だから、わたし、今日はこのパーカー着たままで……」

そこまで言ったとき、不意にまわりの視界《しかい》がさえぎられた。友哉《ともや》がビーチパラソルを右手で引き下げると、にぎやかだったプールサイドが、急にわたしと友哉《ともや》だけの世界になる。

おどろいて顔を上げたら、友哉《ともや》がぬれたくちびるで、わたしの口をふさいだ。

「いいじゃん。行こうよ」

友哉《ともや》のぬれた前髪《まえがみ》から、ぽたぽたとしずくが落ちる。真剣《しんけん》なまなざしで見つめられて体が動かない。

「ほら、早く」

わたしの肩《かた》からパーカーがすべり落ち、ぱさりと音を立てた。

はあ〜っ。

大きなため息をついて、ベッドにどすんと倒《たお》れこんだ。

自分のくちびるに手をあてる。

(キス、しちゃった……!)

夏休みのあいだにとは思っていたけど、いざしてみると案外あっけなかった。さっきも別れる前、家の近所でまたキスをされたし。

(それにしても、友哉《ともや》って意外と強引《ごういん》なんだな)

ごろんと寝返《ねがえ》りを打って、スマホをとりだし、今日、二人で撮《と》った画像をスクロールしてみる。

あのあと、わたしは友哉《ともや》に言われるまま、パーカーをぬいでプールに入った。最初はまわりの人たちにじろじろ見られているような気がしたけど、気のせいだったかも。最後にはへっちゃらになっていた。

(でも、やっぱり、このビキニは失敗だったかも)

二人でよりそって自撮《じど》りした画像を見る。

胸《むね》の谷間が強調されて、われながらかなりエロい。ふだんつけている下着よりも、かくれている部分がずっと小さい。

ビキニ姿《すがた》に慣れてきたころ、友哉《ともや》は、ウォータースライダーの裏《うら》にわたしをつれていき、わたし一人の写真を撮《と》りたいと言いだした。絶対いやだと言ったけど、今日の記念にって言われたらことわり切れなくて、結局、何枚《なんまい》か写真を撮《と》らせてしまった。

最初ははずかしかったけど、まわりにだれもいなかったこともあって、スマホの前で言われるままにいろんなポーズをとった。その中には、キスしてるような顔でポーズをとったものもある。ほぼ裸《はだか》に近いかっこうで、あんな写真を撮《と》らせるなんて、いくら友哉《ともや》にたのまれたからって、どうかしてた。

(だれかに見られたら、はずかしくて死んじゃうよ！)

ちょっとうかれて調子に乗っちゃったけど、二人だけの思い出だもん。平気だよね。

スマホをにぎりしめ、わたしはふうっと目を閉《と》じた。

4 束縛《そくばく》

「今、何時だと思ってるの！」

ママの声が玄関《げんかん》にひびく。わたしはうつむいたまま、横目でげた箱の上の時計を見た。あと十五分で夜中の十二時。そりゃあ怒《おこ》られるはずだ。

「塾《じゅく》に電話を入れたら、もうとっくに授業は終わっていますって言われたわよ。毎日毎日、こんな時間まで、いったい何をしてるの！」

「そこの公園で、友だちとしゃべってて……。本当にごめんなさい」

おでこがひざにくっつきそうなくらい頭を下げる。

毎回、夏期講習のあとは友哉《ともや》とコンビニでスイーツを買って、公園でおしゃべりをして帰る。それはいいんだけど、最近、帰るのが遅《おそ》くなりすぎて、ママの機嫌《きげん》が悪くなっていた。だから、今日は早く帰りたいって言ったのに、とたんに友哉《ともや》は不機嫌《ふきげん》になった。仕方なくおしゃべりをしていたら、こんな遅《おそ》い時間になってしまったのだ。

「ともかく、明日で夏期講習は終わりでしょ。来週からは、こっちの予備校に通いなさい。もう申しこんであるの。ここなら入退室がメールで送られてくるから、ママも安心だし」

ママから手渡《てわた》されたのは、駅前の予備校のパンフレットだった。

「うち、パパが出張多くて家にいないから、心配性なんだよね。ホントは夏期講習が終わったあとも、友哉《ともや》と遠峯塾《とおみねじゅく》に通うつもりだったんだけど、予備校のほうが安心だって言うし、そう言われたらしょうがないかなあって……」

そこまで言ったところで、
ガンッ！

友哉《ともや》が、にぎったこぶしでベンチをなぐりつけた。

「は？　なにそれ。おまえ、俺《おれ》との約束、破るわけ？」

「……えっ？」

おどろいて聞き返す。

「俺《おれ》と一緒《いっしょ》の大学に行くって言っただろ？　だから、塾《じゅく》も続けるって約束したじゃないか。予備校なんて、絶対に認《みと》めないし」

友哉《ともや》が、わたしをにらみつける。

「で、でも、ママが……」

「親と俺《おれ》と、どっちが大事なんだよ！」

大声で言い返されて、すくみ上がった。わたしはくちびるがふるえそうになるのをこらえて、友哉《ともや》に伝えた。

「だって、うちのママ、もう塾《じゅく》には電話したって言ってたし、予備校の手続きもしちゃったみたいで……」

「俺《おれ》に相談もなく、勝手にそんなことすんなよ！」

友哉《ともや》が怒鳴《どな》りながら地面をけり上げた。足もとの砂《すな》が舞《ま》い散《ち》る。

「ご、ごめんなさい……」

今日で夏期講習は終わりだ。来週からは通常授業になる。それで友哉《ともや》に、「塾《じゅく》はやめるけど、これからも仲よくしようね」って言おうとしたのに、いきなり怒鳴《どな》りつけられるなんて、思いもしなかった。

その後、怒《おこ》り続ける友哉《ともや》をなだめすかし、「毎日会うこと」「友哉《ともや》から連絡《れんらく》が入ったときは、かならず出ること」など、たくさんの約束をさせられて、なんとか許してもらえた。帰りぎわに、また友哉《ともや》からキスをされたけど、前のようにうれしいとは思えなかった。

あの日を境に、友哉《ともや》はどんどんわたしを束縛《そくばく》するようになった。もともと、几帳面《きちょうめん》にメッセージを送ってくるタイプだったけど、塾《じゅく》をやめてからというもの、その数が急激《きゅうげき》に増えた。予備校の授業中で返事ができずにいると、《なにやってたんだよ》《レスおせえ！》と何度もメッセージが送られてくる。そのメッセージを見るたびに、あの日の友哉《ともや》を思い出して、体がかたくなる。

はあっ……。

予備校の授業が終わり、教室を出ると、勝手にため息が出た。

友哉《ともや》は、きっと今日も、いつもの公園で待っているのだろう。予備校は、わたしが退室した時間を保護者にメールで届《とど》けるシステムになっている。だから、あまり長い時間は会っていられないのに、友哉《ともや》はなかなか帰してくれない。正直、とても困《こま》っていた。

彼氏《かれし》と毎日のように会えるなんて、ホントはうれしいことのはずなのに、気が重いって感じるなんて、わたしたち、ホントにこれでいいのかなあ。

そう思って歩いていたら、「ねえ」と不意にだれかに呼《よ》び止《と》められた。振《ふ》り返《かえ》ると、自転車にまたがった男子が、テキストをずいっと差し出した。予備校の教室で隣《となり》の席の子だ。

「きみ、俺《おれ》のテキストと、まちがえてない？」

そう言われて、かばんの中を見る。

「あ、ホントだ。ごめんなさい。うっかりしてて」

あわててテキストを返して、ぺこりと頭を下げる。

（あ～あ、こんなミスしちゃって、ホント最悪）

そう思いながら、また歩きだそうとしたとたん、いきなり腕《うで》をつかまれた。おどろいて振《ふ》り返《かえ》る。友哉《ともや》だ。

「痛《いた》いよっ」

あまりにも強い力だったので、思わず顔をしかめる。だけど、友哉《ともや》は手を離《はな》さない。腕《うで》をつかんだまま、わたしを引きずるようにして早足で歩いていく。

そのまま公園に入ったところで、友哉《ともや》は振《ふ》り返《かえ》るなり、わたしの両肩《りょうかた》をつかんだ。

「さっきのやつ、だれだよ！」

「えっ？　さっきのやつって？」

「とぼけんなよ。さっき、男としゃべってただろ！」

「……男？」

そう言われて、ああと思い出す。友哉《ともや》は、さっきの男子とのやりとりを見ていたようだ。

「あれは隣《となり》の席の子だよ。わたしがテキストをまちがえてたのに気がついて、持ってきてくれただけ」

「うそつけ」

「うそじゃないってば！」

いくらわたしが言っても、信じてくれない。わたしの両肩《りょうかた》を持って、強くゆさぶってくる。

（なんで信じてくれないの？）

涙《なみだ》がじわっと目の端《はし》ににじんだ。

「痛《いた》いよ、やめて！」

大きな声を出したら、友哉《ともや》がハッとして手を離《はな》した。

「ご、ごめん」

気まずそうな表情でわたしを見る。

「うそじゃないって言ってるのに。どうして信じてくれないの？　ひどいよ」

わたしが言うと、友哉《ともや》はまたむっとした表情にもどった。

「元はといえば、あゆながぼーっとしてるからいけないんだろ。もう絶対、あいつとしゃべるなよ！」

そう言って、乱暴《らんぼう》にわたしを抱《だ》きよせようとした。とっさに、両手で友哉《ともや》の体を押《お》し返《かえ》す。

「わたし、帰る！」

その場からかけだして、公園をあとにした。かばんにつけた友哉《ともや》とおそろいのキーホルダーがカチャカチャと耳ざわりな音を立てた。

5 親友への相談

わたしが友哉《ともや》のグチを話し終えると、

「なにそれ。許せない！」

瞳《ひとみ》が、ジンジャーエールの入ったグラスをテーブルにたたきつけるように置いた。

「今さらだけどさ、前にあゆなから聞いた友哉《ともや》くんの話、ヒロくんにしたんだ。そしたら、それ、できすぎだろって」

ヒロくんは、わたしが『運命』だと感じた偶然《ぐうぜん》は、友哉《ともや》がSNSで手に入れたわたしの情報を使って、仕組んだものじゃないかと言っているらしい。

「……それ、どういうこと？」

わたしが聞くと、瞳《ひとみ》は言いにくそうに続けた。

「たとえばね、あゆなが海外の文房具《ぶんぼうぐ》が好きってこと、ＳＮＳのフォロワーなら、みんな知ってると思うの。あゆな、いっつも文房具《ぶんぼうぐ》の画像、あげてるじゃん？」

図書館に通っていたことも、コンビニスイーツが大好きなことも、全部、わたしがＳＮＳに書きこんでいる。友哉《ともや》はそれらの情報から、わたしとの接点を見つけだし、偶然《ぐうぜん》をよそおって接近してきたんじゃないかと言うのだ。運命の出会いだと、わたしが錯覚《さっかく》するように。

「で、でも、友哉《ともや》は、わたしと知りあう前は、通話アプリもＳＮＳも使ってなかったんだよ？　わたしが使い方を教えてあげたんだから」

そう言い返したけど、瞳《ひとみ》は黙《だま》って首を横に振《ふ》った。

「その子がそう言ってるだけでしょ？　あゆな、フォローされたら、だれでも即《そく》*フォロバするって言ってたじゃん。もしかしたら、その友哉《ともや》って子、本名じゃないアカウントを使って、ずっとあゆなの行動を見てたのかもしれないよ」

＊フォロバ……「フォローバック」の略。フォローしてくれた人をフォローすること。「フォロー」とは、ＳＮＳにおいて、相手の書きこみを自分のページに表示させる機能。

ヒロくんは、大学でネットにまつわる事件について勉強をしているらしい。それで、瞳《ひとみ》がわたしと友哉《ともや》のなれそめを話したときに、すぐにあやしいと思ったのだそうだ。

わたしは、汗《あせ》をかいたアイスティーのグラスをじっと見つめた。

「ねえ、あゆな。もうその子とは会わないほうがいいよ。絶対、別れたほうがいいと思う」

瞳《ひとみ》が空《から》になったグラスをかたむけた。カランと乾《かわ》いた音がする。

そんなの、うそだ。あの出会いが運命じゃないなんて、信じられない。二人であんなに楽しい時間をすごしていたのに。友哉《ともや》は、ちょっと嫉妬深《しっとぶか》いだけ。だから、昨日はあんなことしたんだ。絶対、そうに決まってる。

わたしは瞳《ひとみ》に向かってあいまいにうなずき、グラスにそっと口をつけた。

《このあいだはごめん。つい、かっとなっちゃって》

《怒《おこ》ってる？》
《仲なおりのデートしよう》
瞳《ひとみ》と別れてバスで家に帰る途中《とちゅう》、スマホを見たら友哉《ともや》から何通もメッセージが入っていた。
（ほら、友哉《ともや》はちゃんとあやまってくれた）
ホッと息をはく。
あのときは、わたしの言い方が悪かったんだ。そもそも、塾《じゅく》を続けるって約束を破ってしまったわたしが悪いんだし。
心配してくれる瞳《ひとみ》には悪いけど、わたしは友哉《ともや》の言葉を信じたい。だいたい、ヒロくんの話は極端《きょくたん》すぎる。あてになんてならない。
《怒《おこ》ってないよ》
一度そう返し、しばらく考えてから続けてメッセージを送った。

《でも、デートはママの機嫌《きげん》がおさまるまで、もうちょっと待ってくれる？　ホントにごめんね》

前に怒《おこ》られて以来、ママはわたしが出かけるとき、どこでだれと会っているか、何時に帰ってくるかと聞いてくる。今日だって、瞳《ひとみ》と会うと言ったから出かけられたけど、そうじゃなければ無理だった。

わたしを大事に思ってくれているなら、友哉《ともや》だってきっとわかってくれる。

そう信じて送ったのに、

《なんで》

《ごまかせばいいじゃん》

《まだ怒《おこ》ってるの？》

友哉《ともや》から、続けてメッセージが入る。

《そうじゃなくて》

そこまで書きかけたところで電話の着信音が鳴った。友哉《ともや》からだ。バスの乗客が眉《まゆ》をひそめてわたしを見る。

(やばっ)

あわてて音を消したけど、スマホの振動音《しんどうおん》はいつまでたっても止まらない。

《今、バスに乗ってるとこだから》

大いそぎでメッセージを送った。既読《きどく》がついたのに、それでもしつこく着信が入る。まわりの人たちにじろじろ見られるのがいやで、スマホをかばんの中に押《お》しこんだけど、それでも、布を通してスマホの振動《しんどう》が伝わってくる。

仕方なくスマホを取りだして画面を見た。

「友哉《ともや》」

その表示を見て、友哉《ともや》を信じようと思ったさっきまでの気持ちが、あっけなく消え去った。

友哉《ともや》はわたしのことを好きだと言った。それなのに、どうしてわたしの気持ちを信じてくれないの？

《もう、いいかげんにして！》

わたしは最後にそう書くと、力まかせにスマホの電源《でんげん》を切った。

予備校の帰り道、バスの時間をスマホで確認《かくにん》しようとして、手を止めた。

（そうだ、昨日から、電源《でんげん》を切ってるんだっけ……）

電源《でんげん》を入れると、すぐに友哉《ともや》からのメッセージや着信が入るからだ。

かばんにつけたキーホルダーを見て、ため息をつく。

友哉《ともや》がわたしのことを好きだって気持ちに、うそはないと思う。ただ、友哉《ともや》の「好き」は重すぎるのだ。

（おたがいのためにも、しばらく距離《きょり》を置いたほうがいいかもしれないな）

バス通りまでの道を歩きながら、そんなことを思っていたら、

「あゆな」

不意に友哉《ともや》があらわれた。

「友哉《ともや》……！」

ぎくっとして、あとずさる。

予備校はわたしの家からかなり離《はな》れている。まさかこんなところまで友哉《ともや》が来るなんて、思いもしなかった。

「な、なに？」

「おまえ、なんでスマホの電源《でんげん》、切ってんだよ」

友哉《ともや》は低い声でそう言うと、眉間《みけん》にしわをよせた。怒《おこ》っている証拠《しょうこ》だ。

「だ、だって、言ったでしょ。親がうるさいって」

「返信するのに、親は関係ねえだろ！」

大声で怒鳴《どな》りつけられ、体がふるえる。友哉《ともや》が一歩一歩近づいてくる。バス通りまで、あと少し。まわりにはだれもいない。

(何かされたらどうしよう)

身の危険《きけん》を感じて、つい口からでまかせを言った。

「親にスマホ、取りあげられてるから」

そう言うとすぐに、友哉《ともや》はわたしの手からかばんをひったくった。

「ちょっと、なにするの。やめて!」

友哉《ともや》はわたしのかばんの中をさぐり始める。そして、すぐにスマホを見つけだし、わたしの目の前につきだした。

「ちゃんと持ってるじゃねえか!」

そう言うなり、右手に持っていたかばんを思いきり地面にたたきつけた。

「うそつきやがって!」

テキスト、ペンポーチ、タオル、パスケース……。

かばんの中身が地面に、盛大《せいだい》に散らばる。あの日、友哉《ともや》がくれたおそろいのキーホルダーも地面にころがり落ちた。

それを見たとたん、わたしの両目から涙《なみだ》があふれた。

（もう、無理！）

わたしはひざまずいて、かばんの中身をかき集めた。

「なんで？　なんでこんなことするの？」

涙《なみだ》がぽたぽたと地面に落ちる。わたしは立ち上がると、友哉《ともや》をにらみつけた。

「もう友哉《ともや》とは一緒《いっしょ》にいられない。さようなら！」

叫《さけ》んで、その場から走りだす。

「ふざけんなよ！　絶対、認《みと》めねえからな！」

友哉《ともや》の声が後ろから追いかけてきたけど、わたしは足を止めなかった。

6 始業式

そのあとも、友哉《ともや》は大量にメッセージを送りつけてきた。電話の着信も何度も入る。
《ホントごめん》
《どうかしてた。お願いだから、許して》
メッセージにはそう書かれているけど、わたしはそれらをすべて削除《さくじょ》した。
（前もそう言って、同じことを繰《く》り返《かえ》してた。今度も絶対、おんなじだ）
スマホの電源《でんげん》も切って、出ないようにしている。
それだけしても、友哉《ともや》はしつこい。予備校の帰りには、いつもわたしを待ちぶせしている。わたしは、なるべくほかの子たちにまぎれて、バス通りまで歩くようにしているけど、友哉《ともや》はずっとわたしのあとをつけてくる。

「ねえ、あゆな。ごめんってば」

「いいかげん、機嫌《きげん》なおして」

猫《ねこ》なで声でしゃべりかけてくるけど、わたしは完全無視《むし》をした。

「ほら、これ、好きだっただろ？」

そう言って、毎回、コンビニスイーツや外国製のポストカードなんかを無理やり押《お》しつけてくるけど、わたしは「いらない」とはねのけた。とにかく、友哉《ともや》が恐《おそ》ろしかったのだ。

まわりに人がいないときは、脅《おど》されることもあった。

「俺《おれ》は別れるなんて認《みと》めてねえし」

「無視《むし》してもむだだからな」

何を言われても黙《だま》って無視《むし》し続けていたら、

「聞けよ！」

そう言って、腕《うで》をつかまれたこともある。

振《ふ》り切《き》って逃《に》げると、さすがに追いかけてはこなかったけど、大きな声でののしられた。

「俺《おれ》から逃《に》げられると思うなよ！」

バスを降《お》りたあと、家の方角へ歩きだそうとして、おそるおそる振《ふ》り返《かえ》る。

（さすがに家までは来てないか）

ホッとして、スマホを取りだした。ごくっとつばを飲みこんで、電源《でんげん》を入れる。すると、すぐにわたしのスマホは、ブブッとふるえて、友哉《ともや》からの大量のメッセージを受信した。

２８８

その数を見て、胃のあたりがにぶく痛《いた》む。友哉《ともや》は、どうしてこんなにわたしに執着《しゅうちゃく》するんだろう？　まるで、どこからか見はられているみたい。

不意に、前に瞳《ひとみ》に言われた言葉が頭の中でよみがえった。

『ずっとあゆなの行動を見てたのかもしれないよ』

わたしは、その場で立ち止まり、SNSを開いた。それまでの自分の書きこみをさかのぼっていく。

海外の文房具《ぶんぼうぐ》のこと、ブキミなゆるキャラのこと、コンビニスイーツのこと。瞳《ひとみ》の言うとおり、わたしの好きなものが何か、これを見ればだれでもわかってしまう。試験期間中、図書館通いをしていたことも、だれとどこの店に寄り道していたかも、知っている人が見ればすぐにわかる。友哉《ともや》はここからわたしの情報を得て、まるで偶《ぐう》然《ぜん》みたいに図書館にあらわれたり、わたしと趣味《しゅみ》が合うかのようによそおって、近づいてきたんだ。

スマホを通じて友哉《ともや》に見はられているようで、背筋《せすじ》がすっと寒くなる。

わたしは、スマホをポケットにねじこんで、早足で歩きだした。

見上げると、空には星が出ていた。むきだしの腕《うで》をさする。お盆《ぼん》をすぎたころから、日が落ちると空気がすずしくなってきた。今日で夏休みも終わりだ。

わたしはこの夏、何をしてたんだろう？　最高の『十七歳《さい》の夏』だと思ってたのに、いったい、どこで何をまちがっちゃったんだろう？

家のあかりが見えてきた。ホッとして涙《なみだ》がにじむ。

（ママに、相談しようかな……）

そう思ったけど、ぶるぶると頭を振《ふ》った。

お盆《ぼん》休みのあいだだけ、仕事が休みで家にいたパパに言われた。「パパが留守のあいだ、ママに心配かけちゃだめだぞ」って。友哉《ともや》の話をしたら、ママはどんなに心配するだろう？

（でも、わたし一人の力でどうしたらいいの？）

ブブッ……。

ポケットの中でスマホがふるえた。

びくっとその場ですくみ上がる。おそるおそるポケットからスマホをとりだす。

画面には、瞳《ひとみ》からのメッセージがうかんでいた。

《あゆな、大丈夫《だいじょうぶ》？　コワい目にあってない？》

二学期の始業式が終わり、みんなが帰ったあとの教室。わたしたちのほかにはだれもいない。わたしは、前に瞳《ひとみ》と会って以降《いこう》、友哉《ともや》がわたしにしたことすべてを打ち明けた。

「それ、ストーカーだよ」

瞳《ひとみ》は、わたしを見つめて、ずばり言った。

瞳《ひとみ》のまっすぐな視線《しせん》を受け止め、今言われた言葉の意味をかみしめた。

（ストーカー……）

その言葉は何度もニュースで聞いたことがあるけど、それが実際に自分の身に降《ふ》りかかってくるなんて。くちびるがふるえる。

「やっぱ、ヒロくんの言うとおりだよ。つきまとい、待ちぶせ、脅迫《きょうはく》。何度も電話やメッセージをしてくるのも、ストーカーの手口だもん」

瞳《ひとみ》は指を折ってそう言うと、静かに聞いてきた。

「あゆな、親に相談した?」

黙《だま》って首を横に振《ふ》ったら、瞳《ひとみ》はため息まじりに、「だよね」と言った。

瞳《ひとみ》の家にはお父さんがいない。だから、パパが留守がちで、ママに心配をかけたくないというわたしの気持ちを察してくれたようだ。

「ともかく」

そう言うと、瞳《ひとみ》はイスから立ち上がった。

「今日から、わたしがあゆなを送《おく》り迎《むか》えするから」

「ええっ、でも……」

瞳《ひとみ》の家は、うちとは反対方向だ。それに、瞳《ひとみ》は先週から、これまでのバイトに加え、別の店でもバイトを始めたところだ。時間もかかるし、わざわざ遠まわりしてもらわないといけなくなる。

「あゆなに変なこと言ってけしかけちゃったから、わたし、責任を感じてるんだ」

瞳《ひとみ》はそう言って、申《もう》し訳《わけ》なさそうに肩《かた》をすくめる。

「そんな、瞳《ひとみ》は関係ないよ。全部わたしが悪いの。自業自得《じごうじとく》だよ」

言いながら、情けなくなる。

彼氏《かれし》がいる瞳《ひとみ》がうらやましかった。SNSに楽しげな画像をアップして、自分はイケてる女子高生なんだって思いたかった。『運命の恋《こい》』だなんてうかれていた自分がはずかしい。

「だって、このままほうってなんかおけないもん。いざとなったら、ヒロくんにもたのめるから、あゆなは心配しなくていいよ」

瞳《ひとみ》は、ぽんとわたしの肩《かた》に手を置いた。そのぬくもりに涙《なみだ》がこぼれる。

「……ありがと」

ごしごしと右手で目をこする。

「ほら、泣かない泣かない。さ、帰ろう。わたしがついてるから大丈夫《だいじょうぶ》」

瞳《ひとみ》が差し出した手をつかみ、わたしは「うん」とうなずいて立ち上がった。


駅前のハンバーガーショップでランチをしたあと、バス通りまでの道を瞳《ひとみ》と歩いている途中《とちゅう》だった。不意に視線《しせん》を感じて振《ふ》り返《かえ》る。

（友哉《ともや》だ……！）

制服姿《せいふくすがた》で自転車置き場のそばに立っていた。瞳《ひとみ》の腕《うで》にすがりつき、ぎゅっとつかむ。

「どうしたの？　あゆな」

瞳《ひとみ》も自転車置き場のほうを見て、目をこらした。

「……あいつ？」

ふるえそうになる手をぎゅっとにぎりしめ、黙《だま》ってうなずく。瞳《ひとみ》は「ここにいて」と言い残すと、長い髪《かみ》をひるがえし、まっすぐに友哉《ともや》のもとへ歩きだした。

「ひ、瞳《ひとみ》……！」

声をかけるまもなく、瞳《ひとみ》は友哉《ともや》の前に立ちふさがった。

「ちょっとあんた、いいかげんにしなよ！」

よく通る声で、友哉《ともや》に向かって怒鳴《どな》りつけた。

「あんたのやってることは、立派《りっぱ》なストーカー行為《こうい》だよ！　これ以上、あゆなにつきまとうのはやめな」

背《せ》が高くて美人顔の瞳《ひとみ》が言うと、ものすごい迫力《はくりょく》がある。まわりを歩いていた人たちが、いっせいに瞳《ひとみ》と友哉《ともや》に注目した。

「だ、だれがストーカーだよ。あゆなは俺《おれ》の彼女《かのじょ》だ。おまえに関係ねえだろ！」

瞳《ひとみ》にけおされながらも、友哉《ともや》が言い返す。それでも瞳《ひとみ》は負けていない。

「あゆなはわたしの大事な友だちだ。もう、あんたの彼女《かのじょ》なんかじゃない！　今度こんなことしたら、警察《けいさつ》に届《とど》けるから、覚悟《かくご》しなよ！」

瞳《ひとみ》は友哉《ともや》に人さし指をつきつけてそう言うと、わたしのところまでもどってきた。

「行こう、あゆな」

「……う、うん」

遠巻《とおま》きに見ていた人たちのあいだをすり抜《ぬ》けて、わたしたちはその場を離《はな》れる。肩《かた》越《ご》しに振《ふ》り返《かえ》ると、友哉《ともや》がその場に立ちつくしているのが見えた。

7 再び

瞳《ひとみ》が友哉《ともや》を怒鳴《どな》りつけたあの日から、あれだけ送りつけられてきた友哉《ともや》からのメッセージはぴたりとやんだ。友哉《ともや》の電話番号やメールアドレスを着信拒否《ちゃくしんきょひ》に設定したからだ。かつて待ちぶせされていたバス通りや公園にも、姿《すがた》をあらわさない。

「瞳《ひとみ》のおかげだよ。ホントにありがとう」

いつものように瞳《ひとみ》にバス通りまで送ってもらっている途中《とちゅう》、わたしは足を止めて、瞳《ひとみ》に向かって頭を下げた。

「そんなあ。たいしたことしたわけじゃないのに」

瞳《ひとみ》が、くすぐったそうに身をよじる。

「ううん。だって、すごかったもん。まわりの人、みんな見てたし。やっぱり瞳《ひとみ》みたいな美人が怒鳴《どな》りつけたら、迫力《はくりょく》がちがうね」

「やめてよ～」

照れくさそうな顔でそう言ったあと、瞳《ひとみ》はまたまじめな顔にもどった。

「でも、安心しちゃだめだよ、あゆな」

声を落としてわたしを見つめる。

「でも、もう一週間もメッセージも電話もこないし、大丈夫《だいじょうぶ》じゃないかな。毎日、瞳《ひとみ》に送ってもらうのも悪いし、今日で送り迎《おくむか》えはもういいよ。新しいバイトを始めたところなのに、瞳《ひとみ》だって困《こま》るでしょ？　ヒロくんと会う時間も減っちゃうし」

わたしが言うと、瞳《ひとみ》は一瞬《いっしゅん》、言葉につまってから、「まあ、そうだけどさ」とつぶやいた。

「わかった。じゃあ、また困《こま》ったことがおきたら、すぐ言ってよ。遠慮《えんりょ》とか絶対しないで。ねっ？」

「うん！」

わたしはこくんとうなずいて、瞳《ひとみ》の腕《うで》に手をからめた。


学校からの帰り道。バス通りまでの道を歩きながら、後ろを振《ふ》り向《む》く。

一人で通学するようになって一週間。あれきり、友哉《ともや》の姿《すがた》は見ていない。ホッとして歩きだす。瞳《ひとみ》の心配は、取《と》り越《こ》し苦労だったみたいだ。

時計を見ると、次のバスまでには、まだ少し時間がある。

（ひさしぶりに雑貨屋さんによって、新しい文房具《ぶんぼうぐ》でも見ようかな）

そう思って駅前のショッピングモールへと歩きだそうとして、足を止めた。

だれかがこっちを見ている。その姿《すがた》を見て、体がかたまった。

細身で色が白く、薄《うす》い一重まぶた。制服を着た友哉《ともや》がまっすぐこっちを見ている。

（うそ……！　なんで？）

心臓《しんぞう》の音が速くなる。

逃《に》げなきゃ。そう思うのに、体が動かない。

その場で棒立《ぼうだ》ちになったわたしのもとへ、友哉《ともや》はゆっくりと歩みよってきた。

「あゆな」

やさしく呼《よ》びかけられ、体がビクッとふるえる。

「俺《おれ》とずっと一緒《いっしょ》にいるって、約束しただろ？」

わたしの前に立ち、にっこりとほほえむ。そして、ポケットから何かを取りだして、わたしの目の前に差し出した。

「約束を守らないと、おまえの友だち、せっかく新しいバイトを見つけたところなのに、困《こま》ったことになるかもよ？」

差し出されたチラシのようなものを受け取って、声をあげそうになった。隣町《となりまち》にあるパンケーキショップの割引《わりびき》クーポン。瞳《ひとみ》の新しいバイト先のものだ。

「ど、どうして?」

瞳《ひとみ》がそこでバイトを始めたのは、わたしが友哉《ともや》と別れたあとだ。だから、友哉《ともや》が知っているはずないのに。

「さあ、どうしてだろうな」

友哉《ともや》は低い声で笑うと、わたしの腕《うで》をつかんだ。

「俺《おれ》、おまえと別れたなんて思ってないから。もう、着拒《ちゃっきょ》とかすんなよ」

喉《のど》の奥《おく》がひゅうと鳴る。

わたしは力まかせに友哉《ともや》の腕《うで》を振《ふ》り払《はら》うと、その場から走りだした。

どうしよう。どうしよう。

走りながら、歯がガチガチと音を立てる。

「困《こま》ったことがおきたら、すぐ言ってよ」。瞳《ひとみ》はそう言ってくれたけど、友哉《ともや》は何をするかわからない。もうこれ以上、瞳《ひとみ》にたよることなんてできない。もつれそうになる足で、わたしは必死にその場から逃《に》げだした。

ブブッ、ブブッ……。

わたしの手の中で、スマホがふるえる。

布団の中に押《お》しこんでも、上からクッションで押《お》さえても、バイブ音は止まらない。

「もうやだ!」

壁《かべ》に向かってスマホを投げつけたけど、はね返ってころがったあと、ラグの上でまたブブブッとふるえた。

友哉《ともや》が再びわたしの前にあらわれてからというもの、毎日、おびただしい数のメッセージが届《とど》く。友哉《ともや》に着拒《ちゃっきょ》を解除《かいじょ》しろって言われたからだ。それだけじゃない。このあいだは、わたしの自転車のかごにゴミがつっこまれていたことがあった。中を見ると、コンビニスイーツの残骸《ざんがい》や、ボキボキに折られたドイツ製の鉛筆《えんぴつ》、真っ赤に染《そ》まったおそろいのキーホルダーも入っていた。友哉《ともや》の仕業《しわざ》だ。

スマホの電源《でんげん》を切ったままにしていたら、きっと瞳《ひとみ》にあやしまれる。だから、仕方なく電源《でんげん》を入れているけど、そのあいだ中、ずっとスマホはふるえている。

（スマホなんて、なくなっちゃえばいいのに）

そこまで考えて、あっと思いついた。

（……そうだ。このスマホを使えなくすればいいんだ！）

そうすれば、友哉《ともや》だって、もうわたしに連絡《れんらく》を取れなくなる。

このスマホの契約者《けいやくしゃ》はママだ。わたしが勝手に解約することはできない。まだ買って一年ほどなのに、急に契約《けいやく》しなおしたいって言ったって、きっとママにあやしまれるだろう。

（だったら、こわしちゃえばいいんだ）

前回、機種変したとき、ママがぼやいていた。新規契約《けいやく》だったら安いのにって。だから、スマホがこわれたって言って、新規契約《けいやく》にしてもらえば、もう友哉《ともや》から連絡《れんらく》がくることもなくなるにちがいない。予備校も学校も、時間をかえたり、道順をかえて姿《すがた》を見られないようにすれば、さすがに友哉《ともや》もあきらめるだろう。

工具箱から金づちをとりだし、スマホをタオルにつつむ。

（ばいばい、友哉《ともや》）

わたしは持ち上げた金づちを一気に振《ふ》りおろした。

8 画像つきのメール

朝ごはんを食べ終えたあと、充電《じゅうでん》していたスマホのケーブルを無理に抜《ぬ》いたら、それを見ていたママが言った。

「ほら、また乱暴《らんぼう》にして。今度こわれても、もう買いかえないわよ」

「はあい」

手の中のスマホをぎゅっとにぎる。

このスマホになってから、新しいメールアドレスと電話番号は必要最低限、仲のいい子にしか教えていない。ＳＮＳのアカウントはもう削除《さくじょ》したし、通話アプリもＩＤ検索《けんさく》できない設定にしている。

友哉《ともや》とのことがあって、それまで自分がどれだけネットに対して無防備だったかを思い知らされた。

自分の身は、自分で守る。

そんなあたりまえのことを、わたしはすっかり忘《わす》れていた。

(これくらい、大丈夫《だいじょうぶ》だろう)

つい、そう思って油断していたのだ。

そろそろ、駅に向かうバスが来る時間だ。

「いってきます」とキッチンにいるママへ声をかけ、玄関《げんかん》を出たところで足を止めた。

朝はバスが時間どおりに来ないことが多い。市バスのサイトにスマホでアクセスして、正常に運行しているか確認《かくにん》しようと画面をのぞくと、一度も使ったことがないアプリのアイコンに数字が表示されていた。

(あれっ?　これ、確かパソコンにメールが届《とど》いたときに出てくるんだよね)

そういえば、スマホを買ったときに、店の人から『パソコンと同期しておけば便利ですよ』とすすめられて設定したんだっけ。

ふだん、まったくパソコンを使わないから意味がないと思ってたけど、何かメールが届《とど》いたんだろうか。

アイコンにタッチしてアプリを開く。受信箱には未読メールがならんでいた。

(だれがこんなにメールを送ってきたんだろう?)

受信箱を見ていて違和感《いわかん》を覚える。どのメールにも件名がなく、すべてに画像が添《てん》付《ぷ》されている。

(なんだろ、これ)

何も考えずにタッチして、メールを開いてみる。映《うつ》しだされた画像を見て足がふるえた。

画面に映《うつ》っているのは、両腕《りょううで》で胸《むね》をはさんで谷間を強調させ、くちびるをつきだしているわたし。あの日、ウォータースライダーの裏《うら》で友哉《ともや》にせがまれて撮《と》った写真だ。

「なに、これ……」

メール文には、こう書かれていた。

《今すぐ連絡《れんらく》してこい。じゃないと、この写真と一緒《いっしょ》に、おまえの個人情報、ネットで全部ばらまくぞ》

そのメッセージを見たとたん、足がすくんだ。

（どうして友哉《ともや》が、わたしのアドレスを……！）

全身の力が抜《ぬ》ける。

胃から熱いものがせり上がってくる。

スマホも、かばんも、手からすり抜《ぬ》け、大きな音を立てて地面に落ちた。

「ちょっと、あゆな！　あんた、また何か落としたの？」

キッチンの窓《まど》から、ママが顔を出す。

「そんなことして、今度こわしたら……あゆな？」

玄関《げんかん》の前でへたりこんでいるわたしに気がついて、ママがサンダルをはいてかけよってきた。

「どうしたの？　気分でも悪いの？」

ママが心配そうな表情で、わたしの顔をのぞきこむ。とたんに、ぶわっと涙《なみだ》があふれてきた。

「ママ～～っ！」

わたしはママの体にしがみつき、小さい子どもみたいに声をあげて泣いた。

9 運命の恋《こい》

ざあっと風が木をゆらす音に、空を見上げる。

この道を通るのは、高校を卒業して以来。ひさしぶりに訪《おとず》れたバス通りの街路樹《がいろじゅ》の葉は、赤く染《そ》まっていた。


あの日、わたしは、それまでのことをすべてママに話した。友哉《ともや》のことも、送られてきた画像のことも、自転車のかごにつっこまれていた思い出の品の残骸《ざんがい》のことも。

すぐにママにつきそってもらって、警察《けいさつ》へ相談に行った。

対応してくれた警察《けいさつ》の人は、警察官《けいさつかん》とは思えないくらい笑顔がやさしいおじさんで、わたしの話を黙《だま》って聞いてくれた。そして、「勇気を出して、よく話してくれたね」

と言ってくれた。

警察《けいさつ》への説明は、想像していたよりも時間がかかったけど、伝えるべきことはすべて言えたと思う。話を聞いてくれた警察官《けいさつかん》には、ストーカーかもしれないと思ったらすぐに相談に来るように言われた。ママから聞いた話では、警察《けいさつ》は友哉《ともや》に、わたしへのつきまとい行為《こうい》をやめるようにと注意してくれたらしい。


あれから二年がたち、わたしは大学生になった。友哉《ともや》が今どうしているのかは知らない。

わたしに「一緒《いっしょ》に行こうね」と言っていた大学に入学したのか、それとも別の大学に進んだのか、そもそも高校を卒業したのか……。

十七歳《さい》だったあの夏のできごとを、すっかり忘《わす》れたかといえばうそになる。

その証拠《しょうこ》に、桜ケ台《さくらがだい》高校の制服を着た子を見かけると、今でも足がすくんでしまう。

もう、二年もたっているのに。

「……でね。みんなと笑ってたんだ」

「なんだよ、それ」

わたしの横を、制服を着たカップルが楽しそうにおしゃべりして通りすぎていく。

立ち止まって、二人を振《ふ》り返《かえ》る。

わたしは、どうしてあんなふうになれなかったんだろう？

ただ、一緒《いっしょ》にいて笑いあいたかった。それだけだったのに。

瞳《ひとみ》は来年、ヒロくんと結婚《けっこん》するらしい。

今から、高校時代によく一緒《いっしょ》に寄り道したカフェで、瞳《ひとみ》と会う約束をしている。

（いつかわたしも、『運命の恋《こい》』を見つけることができるのかな）

そこまで考えて、ううんと一人で首を横に振《ふ》った。

『運命の恋《こい》』なんて、見つけようとして見つかるものじゃないのかもしれない。
（さあ、いそがなきゃ。瞳《ひとみ》が待ってるよ）
わたしはバッグを肩《かた》にかけなおし、駅へと向かって歩きだした。

解説

世界被害者学会理事　諸澤英道

◎「運命の恋《こい》」落とし穴《あな》はココだ！

〈ハラスメントが起きやすい学校や職場〉

従来《じゅうらい》、知らない人からつきまとわれることを「ストーキング」と言っていましたが、今では、知り合い同士の別れ話がこじれてつきまとわれるケースが増えています。特に学校や職場は、いじめ、つきまとい、セクハラなど、いわゆるハラスメント（いやがらせ）が起きやすい場所です。このような狭《せま》い人間関係の中では、他人に知られたくないとか、自分にも落ち度があると考えて一人で悩《なや》む人が多いのですが、一人で解決するのは容易ではありません。ぜひ、先生や親、上司などの大人に相談しましょう。

〈やさしさの演技にだまされない〉

若《わか》いときほど「やさしい人」に魅力《みりょく》を感じるものですが、やさしい人を「いい人」だと思わないこと。よい関係をつくろうとすると、人はやさしく近づいてくるもので、親しくなる前のやさしさは、ほとんどが演技です。また、人は、逃《に》げようとすると追う習性があるので、ストーカー対策《たいさく》は、逃《に》げるだけでは根本的な解決になりません。ストーカーはすでに理性を失い、まわりが見えなくなっているので、当人同士の話し合いによる解決はむずかしいです。

◎「運命の恋《こい》」被害にあわないために

〈つきまとうのは自分のことしか考えない人〉

ストーカーには共通して、自分のことしか考えないという身勝手な特性があります。もしつき合っている人にそのような傾向《けいこう》が見られたら、迷わず、関係を変えていくべきです。

末永くつき合うことのできる人かどうかは、その人があなたのことをどれだけ大切に思い、尊重《そんちょう》してくれるのかによって決めるのがよいでしょう。そのような人は、不幸にして別れることになったとしても、つきまとうようなことをしません。

〈暴力をふるう人は簡単《かんたん》には変わらない〉

人はお互《たが》いに、他人の尊厳《そんげん》（人間としての尊《とうと》い価値《かち》）を尊重《そんちょう》しあうべきであるという考えは、今や国際的な価値観《かちかん》になっています。しかし、現実には、他人を束縛《そくばく》したり、気にくわないと暴力的になったりする人がいます。つき合っていた人と別れることになる原因で多いのが暴力です。そのような人は、別れようとすると、さらに暴力的につきまとってきます。

他人を尊重《そんちょう》しない人、物事を力で解決しようとする人とは距離《きょり》を置くことが大事です。

あとがき

NHK「オトナヘノベル」番組制作統括　小野洋子

何はともあれ盛《も》り上《あ》がる恋愛話《れんあいばなし》。恋愛《れんあい》まっただ中の女子は「わたしの話を聞いて〜」が止まりません。取材でも、恋人《こいびと》とのなれそめや、初めてのキスのことなどをうれしそうに話してくれた十代がたくさんいました。でも、本書の「わたしと彼女《かのじょ》の好きな人」のように、親友と同じ人を好きになって、片方《かたほう》が失恋《しつれん》した場合、無邪気《むじゃき》に語った恋《こい》バナが、友だちを傷《きず》つけてしまうことがあります。恋《こい》に夢中になると、まわりが見えなくなるんですね。番組の収録《しゅうろく》では「恋《こい》のライバルになった友だちと、どう向き合うか？」で女性陣《じょせいじん》が大激論《だいげきろん》。その結果、「本音《ほんね》でぶつかりあうのが、スポーツマンみたいでいい」という結論《けつろん》にいたりました。みなさんはいかがでしょうか？　女子高校生に「好きな人と友だち、どちらをとる？」とアンケートしたら、六十五％が「友だち」と答えました。傷《きず》ついたり、傷《きず》つけたりはあるかもしれないけれど、素敵な友情、素敵な恋愛《れんあい》をたくさん経験してください。

この本の物語は体験談をもとに作成したフィクションです。登場する人物名、団体名、商品名などは架空のものです。

〈放送タイトル・番組制作スタッフ〉

「ウソついちゃった！ そのとき…」（2015年12月24日放送）
「友だちと同じ人を好きになったら？」（2016年7月14日放送）
「身近な人がストーカー そのとき どうする？」（2015年7月2日放送）
プロデューサー……渡邉貴弘（東京ビデオセンター）
ディレクター………佐藤成幸、坂本ミズホ（東京ビデオセンター）
松岡伸行
制作統括……………小野洋子、錦織直人、星野真澄

小説編集……………小杉早苗、青木智子

編集協力　ワン・ステップ
デザイン　グラフィオ

NHKオトナヘノベル　恋愛トラブル・ストーカー

初版発行　2017年2月
第6刷発行　2022年1月

編　者　NHK「オトナヘノベル」制作班
著　者　みうらかれん、長江優子、宮下恵茉
装　画　げみ

発行所　株式会社 金の星社
〒111-0056　東京都台東区小島1-4-3
電話　03-3861-1861（代表）
FAX　03-3861-1507
振替　00100-0-64678
ホームページ　http://www.kinnohoshi.co.jp

印　刷　株式会社 広済堂ネクスト
製　本　牧製本印刷 株式会社

NDC913　216p.　19.4cm　ISBN978-4-323-06215-0